천예무황

원생 新무협 판타지 소설

FANTASTIC ORIENTAL HEROES

천예무황 3

원생 新무협 판타지 소설

초판 1쇄 찍은 날 § 2014년 5월 28일
초판 1쇄 펴낸 날 § 2014년 6월 4일

지은이 § 원생
펴낸이 § 서경석

편집부장 § 권태완
편집책임 § 박가연

펴낸곳 § 도서출판 청어람
등록번호 § 제387-1999-000006호
등록일자 § 1999. 5. 31
어람번호 § 제2-2504호

주소 § 경기도 부천시 원미구 부일로 483번길 40 서경B/D 3F (우) 420-822
전화 § 032-656-4452   팩스 § 032-656-4453
http://www.chungeoram.com
E-mail § chungeorambook@daum.net

ISBN 979-11-316-9058-1 04810
ISBN 979-11-316-9011-6 (세트)

天藝武皇

천예무황

원생 新무협 판타지 소설

FANTASTIC ORIENTAL HEROES

3

도서출판 청어람

天藝武皇

제1장
구출(求出)

"무슨 뜻입니까?"

"저자에게 확인할 게 있네."

"무슨 확인을 말씀하지는요?"

"나는, 아무래도 걸리는 것이 있네. 이대로 다 묻어두기엔 의문점이 너무 많아."

"혈령귀마입니다."

"아네."

"천하공적입니다."

"알고 있네."

"천하의 공분을 살 수도 있습니다."

"상관없네."

"어르신의 명성에 해가 미칠 수도 있습니다."

"잘 알고 있네."

설운의 목을 끊으려는 동방우와 그를 살리려는 고견 사이에 작은 실랑이가 벌어지고 있었다.

무력은 동방우가 위이나 고견이 강호에서 차지하고 있는 위치 때문에 동방우는 고견을 함부로 대할 수 없었다.

옥유경에게는 더없는 기회였다.

만약 고견이 끼어들지 않아 동방우가 원래대로 옥유경의 행사를 방해하려 들었다면 십중팔구는 일이 쉽게 풀리지 않았을 터였다.

동방우의 무공은 상상 밖이었다.

아무리 정상적으로 보이진 않았다 해도 설운은 천하에 몇 없는 강자 중의 강자였다.

고견조차 설운의 일수를 제대로 감당하지 못했는데, 그는 감당을 넘어 설운을 쓰러뜨렸다.

단 일수의 압도적 무력으로.

설운을 구하러 가던 중 마주쳤던 동방우의 눈빛은 대양의 심연보다 깊이가 있었다.

정중한 말과 다르게 살의를 담은 눈빛은 그것만으로도 옥유경을 주눅 들게 하는 힘이 있었다.

옥유경의 의지가 약했고, 설운을 생각하는 마음이 일 푼만 부족했었다면 계속해서 걸음을 내딛는 것은 아마도 불가능했을 것이었다.

참으로 다행스런 일이었다.

"설 공자!"

불러도 대답이 없었다.

설운의 의식은 끊어져 있었다.

살마호에 당한 몸으로 한계 이상의 무리를 한데다가 동방우의 일격까지 더해지니 육신으로 이루어진 인간의 몸으로는 더 이상 버틸 수 없는 지경에 이른 것이었다.

몸을 살폈다.

성한 곳이 없었다.

겉으로 보이는 상처도 상처였지만, 몸 안의 상태는 당장 죽어도 이상하지 않을 만큼 위중했다. 뼈, 혈맥, 근맥, 그리고 주요 장기까지.

전설의 대라신선이 눈앞에 현신하더라도 그를 살려내는 것은 불가능해 보였다.

설운은 이미 황천, 그 건널 수 없는 물길에 한 발을 담근 상태였다.

설운을 품에 안고 옥유경이 허공으로 신형을 쏘아 올렸다.

'죽지 말아요. 어떻게든 살아요. 어떻게든, 제발 죽지 말고 버텨요.'

옥유경은 천룡소(天龍消)라 이름 지어진 천룡문 비전 신법으로 장내를 벗어나며 같은 말을 되뇌었다.

'죽지 말아요. 제발.'

생환(生還).

이제 그 결과는 전적으로 옥유경의 손에 달려 있었다.

*   *   *

[잡아!]

동방우가 근엄한 기색을 그대로 유지하면서 어디론가 전음을 날렸다.

자신의 손으로 끝을 보고 싶었지만, 사정이 여의치가 않았다.

속에 다른 뜻이 없었다면 그는 옥유경을 쫓았을 것이다.

설운은 다 죽어간다 해도 후환이 될 수 있는 존재였다.

찝찝한 뒤끝은 남기고 싶지 않았다.

하지만 고견이 막아섰다.

그의 말을 무시할 순 없었다.

그를 무시하자니 앞으로 가야 할 길이 눈에 밟혔다.

영웅, 대협, 협객.

그가 얻어야 할 위명들이었다.

그 누구보다 광명하고, 그 누구보다 정대하며, 그 누구보다 추앙받는 절대 영웅.

그가 그리는 미래 자신의 모습은 그런 것이었다.

천하를 품 안에.

그리고 천하무림인을 발밑에.

동방우와 요당의 거대한 야망은 아주 작은 모습에서조차 흐트러짐을 용서하지 않았다.

그래서 참았다.

잠깐 얼굴을 붉혔으나 선배 무인에 대한 예의는 잃지 않았다.

[놓쳐서는 안 된다.]

하나 주변에 깔린 수하들에게 한 번 더 주의를 주는 것을 잊진 않았다.

* * *

옥유경은 바람처럼 앞을 내달렸다.

한 걸음에 십여 장씩을 건너뛰며 쏜살같이 나아갔다.

밤하늘을 가르는 유성처럼 긴 꼬리를 가진 백선(白線)이 되어 옥유경은 산을 넘고 강을 건넜다.

"멈춰라!"

달리는 좌우에서 두 명의 흑의인이 모습을 드러냈다.

손에 들린 병장기에서 흉흉한 빛이 어른거렸다.

"흥!"

옥유경은 그들의 외침에는 아랑곳하지 않고 달리는 걸음 그대로 그들 둘을 뛰어넘었다.

취릿.

대기를 가로지르는 검광에 이어 서늘한 검기가 등 뒤로 다가왔다.

꽤 예리한 기세를 풍겼지만 옥유경에겐 별문제가 되지 않았다.

옥유경이 슬쩍 몸을 틀어 검세의 영역에서 벗어났다.

그러고는 다시 앞을 향해 질주해 갔다.

"제법이로구나."

흑의인들이 안광을 번뜩이며 옥유경의 뒤를 쫓았다.

옥유경이 비록 나이가 어리고 여자의 몸이라 해도 엄연히 천룡문 제자 중 한 명이었다.

상대의 검세가 제법 고절하다 해도 옥유경의 수엔 못 미쳤다.

그럼에도 옥유경은 그들과 합을 겨루는 대신 도주를 선택했다.

이유는 하나, 시간이었다.

지체되면 지체될수록 설운의 생사는 더욱 위급해진다.

그것을 잘 알고 있는 옥유경으로서는 상대와 합을 겨룰 겨를이 없었다.

"이것도 받아보거라."

쫓아가던 흑의인들이 재차 검을 내밀었다.

등줄기를 가로지르는 섬뜩한 기운에 이어 좀 전보다 확실히 강해진 검의 기운이 등을 타고 올라왔다.

'으득.'

옥유경이 이를 악물며 눈을 빛냈다.

선택을 해야 했다.

돌아서 마주칠 것인지, 무시하고 계속 나아갈 것인지.

돌아서면 막을 것이되 발을 묶이게 될 것이고, 무시하고 나아가자니 몸을 크게 상할 지경이었다.

'할 수 없지.'

옥유경이 아랫입술을 질근 깨물고는 우수로 검을 잡아갔다.

무시하고 나아가면 분명 적지 않은 상처를 입을 것이었다.

고통은 문제가 아니었다.

까짓것 몇 번이라도 검에 몸을 내어 줄 의향이 있었다.

하지만 상처를 입는다면 경공에 지장이 생길 것이 뻔했다.

그것은 확실히 문제가 될 수 있었다.

마음은 정해졌다.

최대한 빨리 적을 물리치고, 원래 길을 간다.

[그냥 가.]

검병에 손이 닿았을 때, 익숙한 목소리가 들려왔다.

[사형!]

다행이다.

정말 다행이다.

살면서 이보다 더 반가운 목소리가 또 있었을까?

[뒤는 우리가 맡을 것이니, 너는 가던 길을 서둘러라. 넷째와 다섯째가 함께할 것이니 안심하도록 하고. 무엇보다 설 공자의 안위가 우선이니 조심, 또 조심해야 한다.]

[네, 사형.]

검병에서 손을 놓은 옥유경이 설운을 다시 한 번 추슬러 안았다.

늘어진 몸이 전하는 무게가 두 팔 가득 전해졌다.

[서둘러라. 뒤를 정리하고 우리도 곧 따라갈 터이니 안심하고.]

[고마워요.]

[별소리.]

[먼저 가요.]

[오냐.]

옥유경은 뒤도 돌아보지 않고 신형을 쏘아 올렸다.

*   *   *

[제가 맡겠습니다.]

다섯째가 전음과 함께 옥유경에게서 멀어졌다.

먼 길을 달리는 동안 적은 꾸준히 그 모습을 드러냈다.

어디에 얼마나 숨어 있었는지 마치 천라지망이라도 펼쳐 놓은 것처럼 적은 사라지지 않았다.

제자들이 번갈아가며 적을 상대했다.

적의 무공도 고강하지만 천룡궁 본문 제자들의 무공은 그보다 훨씬 뛰어난 면이 있어 어렵잖게 적을 물리치며 나아갈 수 있었다.

그러나 멈추지 않고 계속 달려야 하는 부담과, 상대적으로 약하다 해도 지속적으로 다가오는 적들을 물리쳐 가는 과정에서 옥유경이나 본문 제자들은 알게 모르게 많이 지쳤다.

마음이 급했다.

차라리 생사를 걸고 싸워야 하는 상황이었다면 이보다 어렵진 않았을 것이었다.

적의 수가 많으나 근원적 힘의 우위는 이쪽에 있었으니.

하지만 이 일은 시간과의 싸움이었다.

밀려드는 적을 모조리 다 죽인다 하더라도 설운이 살아남지 못한다면 지는 싸움이었다.

설운은 점점 더 위급한 상황으로 가고 있었다.

그래서 옥유경은 애가 탔다.

화살처럼 산야를 질주하며 정해둔 목적지를 향해 전심전력을 다하는 동안에도, 신경은 온통 설운에게 쏠려 있었다.

마음 깊이 그의 회생을 기원했지만 축 늘어진 몸은 어떤 변화의 기미도 보이지 않았다.

'죽으면 안 돼요.'

얼굴에 안타까움이 묻어났다.

옥유경이 진기를 쥐어짜며 속도에 박차를 가했다.

가야 할 길은 아직 많이 남아 있었다.

천룡문 안가까지 결코 짧지 않은 길을 달려가야 했다.

설운의 맥이 희미해졌다.

한 손으로 설운을 안고 기를 불어넣어 그의 안정을 도모했다.

전력을 다해 경공을 시전했다.

더불어 기감을 열어 주위를 살피는 것 또한 잊지 않았다.

그러다 보니 진기가 급격히 고갈되어 갔다.

아무리 그녀가 절대고수라 해도 단전의 진기는 마르지 않는 샘물이 아니었다.

남보다 오래, 많이 진기를 운용할 순 있겠지만, 이런 식으로 가다간 머지않아 진기가 바닥을 보일 게 분명했다.

그러나 멈출 수 없는 걸음이었다.

해가 지고 밤이 되었다.

옥유경의 걸음은 여전히 멈추지 않고 있었다.

잠시라도 쉬면서 부족한 내기를 보충해야 하는데, 다급한 마음이 무리를 강요했다.

아침이 왔으나 옥유경의 행보엔 변함이 없었다.

하얗게 탈색된 얼굴 위로 피로와 고통이 겹쳐 보였다.

진기가 소진되면서 단전 어림으로 뻐근한 통증이 밀려왔다.

부푼 혈맥으로 호흡이 가빠왔지만 옥유경의 단호한 눈빛은 그대로였다.

해가 중천에 이를 무렵, 결국 내기가 진탕되면서 비릿한 혈향이 목을 통해 넘어왔다.

입가로 가늘게 흐르는 실 같은 핏줄기가 점점이 뒤로 날렸다.

한계 이상의 경공 시전으로 몸은 곳곳에서 경고를 보내왔다.

하지만 옥유경의 신형은 오히려 점점 더 빨라지고 있었다.

생을 위한 치열한 사투는 설운만 벌이고 있는 것이 아니었다.

악전고투.

피가 튀고 살이 튀는 험악한 광경은 없었지만, 옥유경에겐 악전고투였다.

살려야 한다는 일념.

의원이 기다리고 있는 안가까지 어떻게 해서든 가야 한다는 강한 집념.

진기가 마르고 피로가 극에 달한 상황에서도 옥유경의 눈빛은 강하게 타올랐다.

그리고 마침내 그 강한 마음은 원하던 결실을 보게 되었다.

멀리 보이는 산 밑 자그마한 촌락.

몇 개의 산과 들을 지난 옥유경이 마침내 천룡문 안가에 도착한 것이었다.

*　　　　*　　　　*

동방우는 명을 내리면서도 수하들이 설운의 목을 따 올 것이라고는 기대하지 않았다.

설운을 데려간 여인의 무공은 이미 경지를 이루고 있었다.

수하들이 애는 쓰겠지만, 그녀를 잡진 못할 게 분명했다.

더구나 조금 전 나타났다 사라진 대여섯 명의 백의 고수까지 더해진다면, 제법 많은 수하가 따라붙는다 해도 원하던 바를 이루진 못할 것이었다.

'아쉽군.'

옥유경이 떠나간 방향을 보던 동방우가 시선을 돌렸다.

돌아선 그의 눈은 고인 물처럼 차분해 보였다.

동방우는 놓친 고기에 미련을 둘 만큼 어리석은 자는 아니었다.

다만 앞을 위해 준비를 할 뿐.

*　　　　*　　　　*

"이쪽입니다."

작고 낡은 모옥 아래로 내려서니 지하로 내려가는 어두운 통로 속에 서 있던 천룡문 문도(門徒) 하나가 길을 안내했다.

옥유경이 지나가자 문도는 혹시나 따라오는 자가 있을까 봐 통로의 벽을 허물어 사람의 출입을 막았다.

옥유경은 달렸고 문도는 통로를 허물었다.

그러기를 일각여. 쉼 없이 달리던 옥유경이 드디어 안가 밑에 자리한 넓은 지하 광장의 중심에 도착했다.

지하 광장은 꽤 넓었다.

지상의 작고 허름한 모옥(茅屋) 아래 이렇게 크고 넓은 지하 공간이 있을 것이라고는 누구도 알지 못했을 것이다.

사실 실질적인 천룡문의 안가는 지상의 모옥이 아니라 이곳 지하 광장이었다.

좁아서 별다른 일을 행할 수 없는 지상과는 달리, 이곳 넓은 지하 광장은 다수의 제자가 함께 모여 생활할 수 있는 모든 제반 여건이 다 갖추어진 곳이었다.

"어서 오십시오."

지하 광장에서 기다리고 있던 백의인 중 한 명이 옥유경에게 공손히 예를 올렸다.

"준비는 마쳤나요?"

옥유경이 다급함을 숨기지 않고 급히 상황을 물었다.

"네. 모든 준비는 다 되었습니다. 일단 이쪽으로 눕히시지 요."

사내가 옥유경에게 설운을 누일 자리를 일러주었다.

천연과 인공이 가미된 넓은 광장 한가운데 나무 침상 하나 가 놓여 있었다.

옥유경이 그 위로 설운을 누이자 문도 하나가 그녀에게 그 릇에 담긴 물을 전했다.

"드시면서 숨을 돌리십시오."

입에서 흐른 선혈로 검붉은 얼룩이 져버린 백의 위로 창백 한 얼굴이 안돼 보였지만, 정작 옥유경 자신은 스스로의 상태 를 모르고 있었다.

"아뇨. 전 괜찮아요."

옥유경은 물그릇을 받지 않았다.

아직은 마음의 여유가 없는 탓이었다.

광장에서 기다리던 백의인 중 하얀 수염이 탐스럽게 자란 노인 한 명이 설운의 몸을 유심히 살피기 시작했다.

"어떤가요?"

설운을 살피는 노인 뒤에서 옥유경이 마음의 평정을 잃고 다급히 물어봤다.

천룡문 의원 중 의술이 가장 뛰어난 명의(名醫) 화순(華順) 이 침중한 기색으로 낯빛을 굳혔다.

"글쎄요."

잠시 설운의 상태를 더 살펴보던 화순이 옆에 서 있던 중년
사내에게 침통을 요구했다.

　　"일단 응급조치부터 먼저 하겠습니다만, 지금으로썬 뭐라
딱히 드릴 말씀이 없을 듯합니다."

　　향목(香木)으로 만들어진 둥근 침통 안에서 수십 개의 금빛
대침이 모습을 드러냈다.

　　길이가 어른 손바닥만 하고, 굵기가 보통 바늘 두 개를 합
쳐놓은 듯한 대침이 화순의 손에 들렸다.

　　"하지만 저희가 준비한 것 또한 만만치 않으니, 너무 큰 염
려는 마십시오. 어쨌거나 일단 생기부터 회복시켜 놓고 차후
추이를 지켜보도록 하지요."

　　화순이 잠깐 옥유경을 보더니 다시 고개 숙여 설운의 전신
을 두 눈에 담았다.

　　　　　　　*　　　　*　　　　*

　　세 달 전, 천룡문의 조력자로부터 정보가 들어왔었다.

　　종남을 중심으로 간계가 꾸며지고 있다는 내용이었다.

　　귀전과 요당이 천하에 간자를 두고 있듯이, 천룡문 또한 그
들 귀전과 요당 내부에 조력자가 있었다.

　　정확히는, 귀전과 요당의 고위층 중 누군가가 천룡문에 협
조를 하고 있다는 것이 맞는 말이었다.

그들이 누군지, 또 언제부터 그런 관계가 이어졌는지는 확실하지 않았다.

　다만 그들의 그러한 관계가 꽤 오래전부터 지속되어 온 것이라는 점은 분명했다.

　조력자가 전한 말은 간단했다.

　종남을 중심으로 일이 벌어질 것이고, 그 암계의 대상이 설운이라는 사실이었다.

　천룡문 고위 인사들이 모인 가운데 회의가 열렸다.

　그리고 얼마간의 논의 끝에 결론이 내려졌다.

　그 결정은 다음과 같았다.

　—비록 설운이 마신궁의 제자였으나, 그와 다문경의 인연을 무시할 수는 없다.

　—설운이 자의든 타의든 마신궁과 결별한 것이 분명해 보이니 적대감을 가질 이유가 떨어진다.

　—더하여 천하를 안고 도는 은밀한 암류를 그냥 손 놓고 바라보고 있을 수만은 없다.

　—그러므로 설운을 암계로부터 보호하겠다.

　결론을 내린 천룡문은 행동에 들어갔다.

　먼저 서안으로 설운을 보호할 제자를 보내기로 했다.

　그리고 위급한 상황을 대비해 안가에 의원을 배치해 두는 것도 잊지 않았다.

안가의 장소가 문제가 되었으나, 너무 가까운 곳에 자리를 마련했다가 적의 이목에 노출될지도 모른다는 의견에 따라 어느 정도 거리를 둔 곳을 정하기로 했다.

서안으로 갈 사람을 정할 때 옥유경은 자원하여 나섰다.

비록 한 번의 만남뿐인 사람이었지만, 설운이라는 존재가 그녀에겐 꽤나 큰 비중을 차지하고 있었기 때문이었다.

그녀가 나서니 그녀의 호위 역할을 하는 이한 또한 자연스레 일행에 동참하게 되었다.

사형되는 안명이 뒤를 이었고, 그렇게 그들 사형제 몇몇으로 임무를 수행할 인원이 꾸려졌다.

서안을 향해 갈 때의 마음을 옥유경은 잘 기억하고 있었다.

옥유경에게 설운은 단지 설운이라는 한 사내가 아니라, 그녀가 그리워하는 이의 분신과 같은 존재였다.

그래서일까?

서안으로 가는 길엔 작은 기대감 또한 함께했다.

서안에 도착하고, 예상하지 못했던 일로 그와 재회했다.

향기. 그의 향기.

옥유경은 설운의 안위에 만전을 기했다.

지시받은 게 있어 직접적으로 나서지는 못했지만, 어떻게든 그와 같이 있으려 애썼다.

함께 있지 못할 때면 암중에서 그를 살피며 만약의 사태를 대비했다.

그랬는데 결과가 이것이었다.

살렸지만, 상처가 컸다.

그를 무사히 지켜주고 싶었는데 그러지 못했다.

자꾸만 자책감이 들었다.

*   *   *

화순의 손에 들린 금침은 모두 스무 개였다.

보기엔 그저 굵게 생긴 금침이나 실상 그 금침들은 모두 천하의 귀한 영약들을 말려서 빚은 약재였다.

금침마다 들어간 약재의 성분이 다르고, 하는 역할이 달랐다.

원래 그것은 환자의 상태에 따라 다르긴 했지만, 보통은 두 개 이상이 잘 쓰이지 않는 물건이었다.

하나만으로도 충분한 효능을 기대할 수 있는 것인데, 지금 화순은 무려 스무 개의 금침을 사용할 생각이었다.

그 정도만 해도 어지간한 치료엔 모자람이 없다 할 정도였다.

그러나 그것은 일반적인 경우에 해당하는 것.

화순은 금침이 설운의 상세를 얼마나 회복시킬 것인지 확신할 수 없었다.

'삼화경의 기운이라⋯⋯.'

화순이 잘게 한 호흡을 내쉬고 손에 들린 금침을 들어 올렸다.

'쉽지 않겠구나.'

알게 모르게 화순의 입에서 낮은 한숨이 새어 나왔다.

화순은 설운의 치료가 쉽지 않을 것임을 잘 알았다.

설운이 입은 상처는 일반적인 상처가 아니었다.

겉보기에 똑같아 보여도 설운이 입은 상처와 보통의 상처 사이에는 큰 차이가 있었다.

그 근원엔 삼화경 이상의 경지가 주는 무서운 힘이 숨어 있었다.

인간의 몸엔 치유력이 있다.

베이고, 다치고, 부러졌을 때, 인간의 몸은 시간을 두고 그 상한 몸을 원래로, 혹은 그 이상의 상태로 돌려놓으려는 자연의 회복력을 가지고 있다.

몸이 다쳐 피가 날 때, 그 피는 차츰 말라 딱지가 되고 그 딱지는 상처를 보호하며 다친 부위에 새살을 돋게 한다.

뼈가 상했을 때도 마찬가지.

부러진 뼈는 다시 붙게 되어 있고, 다시 붙은 뼈는 이전보다 더 굵어져 훨씬 더 튼튼해지게 되어 있다.

몸의 회복이 제대로 되지 않을 때는 그 상처가 너무 커 다친 부위를 인간의 치유력이 미처 다 따라가지 못할 때이다.

의원은 그때 필요하다.

다친 이가 스스로의 회복력으로 자신의 상세를 다 치유해 내지 못할 때, 의원은 여러 수단을 동원하여 그의 치유를 돕는 것이다.

그것이 약이 되었든, 침이 되었든, 아니면 수술이 되었든.

그런데 삼화경 이상에 이른 자가 시전한 무공에 당한 사람들은 일반적인 상황과 달랐다.

삼화경 이상의 무공에 들어 있는 또 다른 공능 때문이었다.

삼화경의 기운은 생명의 근원을 건드린다.

사람이 살아갈 수 있는 근원적인 힘, 원정(原精)을 건드리는 것이다.

작게 다쳐도 큰 상처가 된다.

혹여 내상이라도 입게 된다면 꽤 오랜 기간을 고생해야 했다.

인간의 치유력을 깨뜨리고, 근원적 회복력을 무너뜨리는 것이 입신의 경지가 가진 무서운 힘.

설운이 평범한 이가 아니라 무너진 몸을 겨우 지탱하고는 있지만, 상대가 남긴 큰 상처는 지금도 설운의 몸 안에서 그의 원정을 앗아가고 있는 중이었다.

'버틸 수 있을까?'

화순이 들어 알고 있는 혈령이라면 최소한 죽진 않고 버틸 순 있을 것이다.

단지 숨이 붙어 있는 것이 살아 있는 것이라면 설운은 살 것이었다.

  하나 의식을 차리고, 눈을 뜨고, 대화를 나누고, 움직이는 것이 살아 있다는 것이라면 감히 살아난다고 단정 짓지 못할 일이었다.

  목숨은 건지겠지만 그 이후는 무엇 하나 자신 있게 말할 수 있는 것이 없었다.

  '그게 산 것이라 할 수 있을지…….'

  뭐라 답을 내리기 어려운 문제였다.

  "그럼 시술을 시작하겠소이다."

  경직된 얼굴로 설운을 보던 화순이 양손을 좌우로 넓게 펼치며 금침대법을 준비했다.

  손에 들린 금침은 스물, 그리고 그가 일수에 시전해야 할 금침의 수도 스물.

  금침들은 시전될 위치와 깊이가 각각 다 달랐다.

  어떤 것은 백회에 반 푼 깊이로, 어떤 것은 용천혈에 두 푼 반의 깊이로, 또 어떤 것은…….

  어지간한 무인이라도 쉽게 펼치기 힘든 고난도의 시술을 앞두고 화순은 다시 한 번 호흡을 가다듬었다.

  어렵지만, 해낼 수 있는 시술이었다.

  그러나 상황의 심각성이, 환자의 위독함이 화순의 손끝을 떨리게 했다.

호흡이 길게 이어졌고, 화순은 차츰 원래의 안정을 되찾아 갔다.

마침내 깊고 긴 호흡이 화순의 맥을 진정시킬 찰나, 그의 손에 들린 스무 개의 금침이 황금빛 빛을 반짝이고는 설운의 전신으로 폭사되었다.

금빛 잔광을 남기며 설운의 몸 위로 날아간 금침들이 주요 혈도를 파고들었다.

한 치의 오차도 없는 깨끗한 결과였다.

"준비하라."

시술을 마친 화순이 채 숨도 돌리지 않고 다시 옆의 중년인에게 명을 내렸다.

중년인이 작은 목합 하나를 들고 와 옆에 섰다.

목합 안엔 뚜껑이 열린 작은 자기병 하나와 정체를 알 수 없는 식물 열매 하나가 놓여 있었다.

자기병에 담긴 우윳빛 액체에서 은은한 향이 올라왔다.

향기만으로도 심신을 맑아지는 느낌이 들었다.

빛깔이나 향기로 보아 아마도 그 액체는 공청석유(空靑石乳)가 분명해 보였다.

한 방울만으로도 죽어가는 사람을 살리고, 무림인이라면 능히 일 갑자의 내용을 얻을 수 있다는 그 귀하디귀한 공청석유를 설운을 위해 준비한 것이었다.

설운을 생각하는 천룡문의 마음이 결코 얕지 않음을 알 수 있는 대목이었다.

얕고 깊게 박힌 금침들이 제자리를 잡은 것을 확인한 화순이 중년 사내에게서 공청석유를 전해 받았다.

끝이 보이지 않을 정도로 가장 깊게 박힌 금침 위로 공청석유 한 방울이 떨어졌다.

금침이 녹아들며 생긴 빈자리에 공청석유가 스며들었다.

다시 화순의 눈이 다른 금침을 향했고, 끝이 사라지는 것을 확인하고는 한 방울의 공청석유를 떨어뜨렸다.

그러기를 스무 차례.

마지막 한 방울의 공청석유가 설운의 몸 안으로 스며들고 나자 화순은 비로소 허리를 세웠다.

한 방울도 귀한 공청석유가 무려 스무 방울이나 사용되었다.

누군가 있어 이 광경을 본다면 경악을 금치 못할 일이었다.

그런데 시술은 거기서 끝이 아니었다.

화순이 설운의 입을 열어 이름 모를 열매를 집어넣었다.

설운의 침에 열매가 녹으면서 지하 광장 넓은 공간에 진기한 향이 퍼져 나갔다.

뭔지는 모르나 절대 평범하지 않은 물건임에 틀림없었다.

"그게 무엇인가요?"

호기심을 이기지 못한 옥유경이 화순에게 그 열매의 정체를 물었다.

화순이 고개를 돌려 옥유경을 보더니 낮게 한마디를 일러주었다.

"천양옥실(天陽沃實)입니다."

"네?"

잘못 들었나 싶어 옥유경이 반문을 했다.

"뭐라… 구요?"

"천양옥실이라고 말씀드렸습니다."

"네?"

옥유경의 두 눈이 더 할 수 없이 커졌다.

천양옥실!

저게 그 말로만 듣던 천양옥실이라니.

옥유경은 듣고서도 자신이 들은 말을 믿을 수가 없었다.

"진짜 천양옥실이란 말이에요?"

"네."

화순이 놀란 옥유경과 달리 무표정한 얼굴로 짧게 확답을 주었다.

"왜 이런 귀한 것을 저자에게 써야 하는지는 모르겠지만, 이것이 천양옥실이란 건 분명한 사실입니다."

화순이 퉁명한 목소리로 자신의 불만을 토로했다.

인세에 둘이 없을 귀한 물건을 저따위 인간에게 써야 한다니.

시술은 했지만, 윗선의 결정이 참으로 이해되지 않았다.

천양옥실.

그것은 하나의 열매를 일컬음이었다.

세상에 떠도는 수많은 영과처럼 천양옥실 또한 전설처럼 전해지는 신비의 영과였다.

하나 그 명성과 효능은 타의 추종을 불허하는 것이었으니, 만약 이곳에 천양옥실이 있다는 사실이 외부로 새어 나간다면 그것을 탐하는 자들로 인해 천하는 한바탕 큰 홍역을 치르게 될 것이 분명할 정도의 보물이었다.

"세상에."

"맞습니다. 놀랄 일입니다. 세상에 둘도 없는 귀한 것이 저런 마신궁의 앞잡이에게 돌아가다니, 정말 놀랄 일입니다."

청수한 외모에 어울리지 않는 화순의 투덜거림이 이어졌지만, 옥유경의 귀엔 한마디도 들어오지 않았다.

생(生).

멀어 보이던 간절한 바람이 현실처럼 다가왔다.

옥유경의 얼굴에 희망이 어렸다.

"그럼 설 공자의 회복엔 문제가 없겠군요?"

화순을 보는 옥유경의 얼굴이 밝았다.

전설이 이르는 것의 반의반만 되어도 설운의 회복은 문제가 없을 것이다.

하나 화순은 옥유경의 기대 어린 물음에 시원한 답을 내놓진 않았다.

"보통 사람의 경우라면 그렇습니다. 아마 숨이 끊어졌다 해도 다시 소생할 수 있었겠지요."

"무슨 말인가요?"

"천양옥실이 인세의 물건이 아니듯, 설 공자의 상처 또한 인간의 것이 아닙니다. 설 공자 본인이 삼화경의 이상의 고수라, 평범한 인간을 기준으로 판단할 수 없다는 뜻입니다. 그는 이미 스스로에 깊은 내상을 입혔습니다. 이는 삼화경의 힘의 그의 내부에 그대로 전해진 것과 같은 것. 거기에 또 다른 삼화경 고수로부터 큰 상처를 입었으니, 차라리 병으로 앓다가 숨이 끊어진 사람을 되살리는 것이 숨 쉬는 설 공자를 치유하는 것보다는 더 쉬운 일이 될 것입니다."

"그런 것이 있었던가요?"

밝았던 얼굴이 흐려졌다.

"그렇습니다."

화순의 말에 옥유경의 마음이 다시 심란해졌다.

"시술은 끝났습니다. 남은 것은 기다림뿐. 결과는 하늘만이 아실 테지요."

화순이 옥유경에게 절을 하고는 가만히 침상에서 물러나왔다.

"수고하셨어요."

옥유경이 화순에게 진심 어린 감사를 표했다.

그러고는 침상 곁으로 한 걸음 더 다가가 가만히 설운의 얼굴을 바라보았다.

창백한 얼굴에 죽은 듯 미동도 없는 설운의 모습이 아프게 다가왔다.

바라보던 옥유경의 눈빛이 촉촉이 젖어들었다.

＊　　＊　　＊

날이 흘러갔다.

설운은 여전히 침상에서 의식을 회복하지 못했고, 바라보는 옥유경의 속은 까맣게 타들어갔다.

한 달쯤 지나 세상의 이목이 흐려졌을 때, 옥유경과 천룡문의 사람들은 설운을 다른 곳으로 옮기기로 결정했다.

생활의 불편함도 문제였고 어두운 지하 공간보다는 그래도 밝은 햇빛이 내리는 지상이 환자에게도 더 나을 것이라는 판단도 있었기 때문이었다.

밤을 도와 은밀히 설운을 또 다른 곳으로 옮겼다.

천룡문과 가까우면서 조금은 독립된 공간. 낮은 구릉으로 둘러싸인 양지 바른 계곡이 그들의 새로운 거처가 되었다.

그리고 다시 시간은 흘러갔다.

제2장
회천신군(回天神君)

　서안에서 무림 혈겁의 주구 혈령귀마가 동방우의 손에 패퇴된 지도 어언 이 년이 지났다.

　무림강호란 본디 크고 작은 일이 끊임없이 벌어지는 곳이며, 도처에서 여러 군상이 수많은 일을 벌이며 살아가는 곳이다.

　이 년은 짧은 기간이 아니니, 그동안 얼마나 많은 일이 또 그 안에서 일어났을까?

　하나 지난 이 년의 시간 동안 천하무림인의 관심은 오직 한 곳에만 쏠려 있을 뿐이었으니.

　회천신군(回天神君) 동방우.

바로 그가 그 대상이었다.

　─어둡던 무림 천하에 한 줄기 빛을 던지고 무너진 강호 정기를 다시 일으켰으니, 이는 잃었던 하늘을 되찾음과 진배없으리라.

　내 그를 회천신군이라 불러 그의 위업을 찬양코자 하니, 천하인들이여! 이런 나의 마음을 가벼이 여기지 말아주시오.

　서안에서 동방우가 혈령귀마를 물리친 후, 무림맹주 독고웅(獨孤雄)은 친히 서안을 방문해 그의 업적을 기렸다.

　독고웅이 외친 회천신군이라는 명호는 이내 동방우의 별호가 되어 천하무림인들의 가슴에 아로새겨졌다.

　그리고 며칠 후 다시 이어진 말.

　─강호 동도 여러분의 반대가 없다면, 나 독고웅은 무림맹주의 존엄한 지위를 여기 동방우 대협께 이양하고자 하오.

　미리 작심이라도 하고 온 듯, 독고웅은 일사천리로 일을 진행했다.

　동방우는 정중히 그의 제안을 거절했다.

　강호 대선배들에 비해 아직 어린 연륜과 준비되지 못한 자신의 마음을 이유로 들었다.

겸양이었다.

누구도 그의 말을 곧이곧대로 받아들이지 않았다.

사람들은 그가 맹주가 되기를 원했고, 그가 무림강호의 지도자가 되어주길 바랐다.

—비록 혈령귀마가 패퇴했다하나, 천하의 암운이 완전히 가신 것은 아니오. 화산을 멸문에 몰아넣은 마각은 여전히 남아 강호를 위협하고 있소. 난세는 영웅을 원하는 법. 이 혼란한 시기에 그대가 아닌 누가 있어 이 난세를 극복할 수 있겠소?

무림 명숙들은 동방우에게 천하무림의 안위를 부탁했다.

크게는 명문대파로부터 작게는 중소문파에 이르기까지, 천하를 걱정하는 많은 사람이 그가 무림강호를 이끌어주기를 간절히 바랐다.

형산에 들어 한동안 문밖출입을 않던 동방우가 천하 강호인들의 바람을 수용한 것은 당금으로부터 일 년 전의 일이었다.

그가 칩거를 풀고 형산의 문을 넘었을 때, 문밖에서 기다리던 많은 무림인은 환호와 작약으로 그를 맞아주었다.

무림맹주 회천신군 동방우.

그는 어지럽던 무림을 올바로 지켜 세워줄 무림의 중심이 된 것이었다.

*　　　*　　　*

頓[돈].

검어 사위가 분별되지 않는 의식 너머 저편에서 조그만 빛
이 깜빡거렸다.

競[경].

처음엔 먼 하늘 별처럼 작게 빛나던 빛이 차츰차츰 그 크기
를 키워갔다.

裂[열].

뚜렷하지 않았지만 설운은 그 빛이 무엇인지 알 수 있었다.

보아서도 아니고, 알아서도 아니었다.

의식하지 않아도, 의도하지 않아도, 그 빛은 본래 그의 안
에 들어 있던 것처럼 자연스럽게 인식되고 느껴지는 것이었
다.

滅[멸].

의식이 무너지고, 생과 사의 경계가 허물어진 지금. 그 빛
은, 아니, 그 뜻은 비로소 설운 앞에 그 진정한 모습을 드러내
기 시작했다.

虛[허].

알려 해도 알 수 없었고, 잡으려 해도 잡을 수 없었던 여섯
글자. 조화경의 오의는 무너지고 꺾어진 극한의 상황에서 설

운에게 조금씩 그 비밀스런 속살을 내보이기 시작했다.

逆[역].

작게 빛나던 빛이 크고 강렬한 빛으로 환히 피어났다.

빛 하나하나가 글자 한 자씩을 이루며 지워지지 않는 화인처럼 설운의 뇌리로 들어와 박혔다.

살지도, 죽지도 않은 설운에게, 깨어 있지도, 잠들지도 않은 설운의 의식 속으로, 여섯 글자 조화경의 오의는 하늘보다 넓은 빛의 장막을 펼치며 그 안으로 설운의 혼을 품었다.

느낄 수 있었다.

몸 안 구석구석을 스며드는 빛의 온기 속에서, 설운은 조화경의 진정한 본 모습을 느낄 수 있었다.

동공을 태울 듯 하얗게 빛나는 그 눈부신 백광 속에서, 설운은 조화경, 그 오묘한 경지를 온몸으로 체험하고 있었다.

그곳은 말이 무용한 세상. 의식이 닿지 않는 곳.

도달했으나 머물 수 없고, 멀어졌으나 이미 속해 있는, 조화경은 인간의 생각과 이치를 넘은 진정한 천인의 세상이었다.

'나는……'

끊어진 의식 너머로 설운의 사념이 피어났다.

'닿았는가?'

육(肉)도 신(身)도 혼(魂)도 백(魄)도 사라진 물질과 관념의 지평 너머에서 설운은 조화경의 이치를 깨닫고 있었다.

비록 몸은 다쳐 엉망이 되었고, 의식은 세상과 멀어졌지만 설운은 알 수 있었다.

'頓競裂滅虛逆.'

들리지 않는 목소리로 반복을 하면서, 설운은 다문경이 남긴 여섯 글자의 참된 의미를 자신의 영혼에 각인시켰다.

닿았지만, 닿지 못할 곳.

언제 다시 그 천인의 경지를 또 한 번 보게 될지는 알 수 없었지만, 지금 이 순간만큼은 그 스스로가 그 안에 속해 있음을 알 수 있었다.

*   *   *

따스한 햇볕이 얼굴을 간질였다.

예전 기억나지 않는 어린 시절, 자신을 품어주던 엄마의 포근한 품과 같은 따스한 느낌.

이어 살랑거리는 미풍이 이마 위 몇 올의 머리카락을 흔들고 지나갔다.

"으음……."

낮은 소리와 함께 몸이 절로 뒤척였다.

움직이는 팔다리를 따라 몸에 덮힌 이불의 감촉이 새로웠다.

천천히 눈을 떴다.

환하게 들어오는 햇살에 잠시 눈을 찡그려야 했지만, 하얗게 보이던 시야 속으로 하나둘 정물들이 들어오면서 의식은 현실을 인식하기 시작했다.

'여긴?'

한 번도 본 적 없는 낯선 풍경.

'어디지?'

잠시 깊은 수면 뒤의 나른함을 즐기다 저도 모르게 눈을 번쩍 떴다.

'난 분명!'

의식이 명료해지면서 지난 기억들이 밀려왔다.

군중들의 함성, 그 속에 보이는 몇몇 얼굴. 그리고 주인을 저버린 육신, 뿜어지는 피, 살의, 몸에 전해지던 강한 충격, 그리고…….

이불을 걷어차며 자리에서 벌떡 일어나 앉았다.

아주 잠깐 현기증이 느껴졌지만, 그것은 이내 사라졌다.

"어찌 된 거지?"

기억과 현실의 괴리가 너무 멀었다.

"이건……."

눈을 내려 아래를 보니 입고 있는 복장 또한 낯설었다.

끊어진 기억 아래로 자신이 모르는 무슨 일이 있었던 모양이었다.

침상 아래로 발을 내리니 오랫동안 쓰지 않은 근육들이 놀라며 다리가 부들부들 떨려왔다.

하지만 잠시 적응의 시간이 지나자 원래 아무렇지도 않았던 사람처럼 곧 익숙한 걸음으로 걸을 수 있었다.

한 발.

굽어진 허리로 약간 이질감이 느껴졌다.

등을 타고 미약한 아픔이 전해졌다.

또 한 발.

살짝 몸이 휘청거렸지만, 기능을 회복한 다리가 몸의 무게를 지탱해 주었다.

굽어졌던 허리가 천천히 세워졌다.

다시 한 발.

척추가 바로 서며 온몸으로 은은한 힘이 느껴졌다.

가슴이 쫙 열리면서 꼿꼿한 자세를 회복했다.

이전과 다름없는 몸. 더는 이상함이 없었다.

'꿈이 아니었던가?'

설운을 빨리 기억을 회복했다.

그러면서 지금 자신이 이렇게 바로 서서 걸을 수 있는 이유를 깨달았다.

꿈결처럼 몽롱한 가운데 느껴졌던 조화의 뜻.

아쉽게도 온전한 기억으로 남아 있진 못했지만, 조화의 뜻이 자신에게 어떤 혜택을 제공했는지는 알 수 있었다.

동방우에 당하기 전, 뒤틀려 제멋대로 폭주하던 기혈과 경맥들이 안정을 되찾고 있었다.

　내기는 온순히 제자리를 지키고 있었고, 몸의 상처는 씻은 듯 나아 있었다.

　더구나 온몸으로 전해지는 이 상쾌한 느낌은.

　'혈령마기가 천룡대강기와 조화를 이루었구나.'

　이전, 그렇게 애써도 잘 되지 않던 두 상극된 기운의 합일이 자신도 모르는 사이에 이루어져 있었다.

　슬쩍 내기를 돌려보았다.

　혈령마기의 파괴적 힘도 아닌, 천룡대강기의 생성의 힘도 아닌, 온유하면서도 웅혼한 제삼의 기운이 단전을 넘어 온몸을 휘감고 돌았다.

　세상 모든 것을 뜻대로 다룰 수 있을 것만 같은 기분.

　기연, 두 번 다시없을 천고의 기연이 그렇게 뜻하지 않게 찾아온 것이었다.

　끼이익.

　나무문이 열리면서 바깥 풍경이 조금씩 보였다.

　계절은 봄인 듯 파릇파릇 돋아난 잎사귀 사이로 따스한 봄바람이 설운의 전신을 훑고 지나갔다.

　발을 내디뎌 문턱을 넘었다.

　탁 트인 시야로 아름다운 풍광이 시원스레 다가왔다.

먼저 보이는 것은 오른쪽에 서 있는 커다란 버드나무. 그 앞으로 넓게 펼쳐진 풀밭이 여린 초록으로 설운을 유혹했다.

한 걸음 더 나아가니 버드나무에 가려 보이지 않던 조그마한 폭포수가 그 투명한 머리채를 살짝 드러내었다.

잠시 서서 폭포의 물줄기를 감상하던 설운이 뒤로 고개를 돌리니 자신이 걸어 나왔던 아담한 나무집이 서 있는 게 보였다.

'여긴 어딜까?' 라는 의문과, '참 아름답구나' 라는 감탄이 동시에 뇌리를 스쳐 지났다.

그리고 미풍을 타고 전해지는 향기.

쿵닥.

설운의 심장이 가볍게 뛰었다.

잊을 수 없는, 예나 지금이나, 앞으로도 그립고 또 그리울 그 향기는 설운의 몸에 와 닿는 봄꽃의 향기처럼 상큼한 설렘으로 다가왔다.

설운이 미소를 지으며 다시 고개를 돌렸다.

그곳에 커다란 눈망울 위로 물빛이 가득한 아름다운 여인이 두 손으로 입을 막고 서 있었다.

설운은 말없이 미소만 지었다.

한없이 다정한 눈빛으로 여인을 사랑스럽게 바라보았다.

"깨어났군요."

"네……."

설운이 고개를 끄덕였다.

　세상에서 가장 아름다운 풍광 속에서, 설운은 가장 아름다운 여인을 맞이했다.

　싱그러운 봄바람이 두 사람의 마음을 시샘하듯 둘 사이를 맴돌다 지나갔다.

＊　　　＊　　　＊

　"벌써 이 년이나 지났단 말입니까?"

　"아이참, 말하지 말라니까요?"

　"난 기껏해야 며칠쯤 지났거니 생각했는데."

　"자꾸 이러시면 피 볼 수도 있어요."

　"그냥 제가……. 아!"

　"거봐요."

　의자에 앉은 설운을 두고 옥유경이 옆에 놓인 수건을 집어들었다.

　손에 들려 있던 날선 비수가 볕을 받아 번뜩였다.

　"괜찮습니다. 깊게 베인 것도 아니고."

　"철철 흐르는데요?"

　옥유경이 건네주는 수건으로 턱 밑을 닦으니 뻘건 피가 조금 묻어나왔다.

　"그러게 가만있으라 했잖아요."

살짝 미안한 기색을 보이며 옥유경이 설운의 얼굴을 유심히 살폈다.

"신경 쓸 것 없습니다."

설운이 잠시 턱에 난 상처 위로 수건을 대고 있더니, 대충 수습이 됐다 싶은지 수건을 다시 옆에 내려놓았다.

살짝 베인 상처라 지혈은 금방 되었다.

"제가 할게요."

"싫어요."

비수를 달라는 설운의 청을 무시하고 옥유경이 다시 설운의 앞에 다가와 허리를 숙였다.

코앞까지 다가온 옥유경에게서 미세한 숨결이 느껴졌다.

"험험."

어색했다.

누군가가 자신의 수염을 대신 깎아주는 것도 그랬고, 그 대상이 마음속으로 연모의 정을 품고 있는 사람이라는 것이 또한 그랬다.

"불안해하지 말아요. 얘기했잖아요. 지난 이 년간 설 공자님……."

"하하. 네."

설운이 뒤에 무슨 말이 나올지 알았는지 옥유경의 뒷말을 잘라 버렸다.

사각사각.

칼날이 수염을 지나며 까끌까끌한 소리가 났다.

입을 다물고 가만있자니 어색함에 불편했는데 그 소리가 설운에겐 조그만 위로가 되었다.

지난 이 년간 설운의 간병을 한 사람이 옥유경이라 했다.

하루도 빠지지 않고 매일같이 설운 곁에서 그를 돌보았다는 것이었다.

씻기고, 먹이고, 혹여 욕창이라도 생길까 꾸준히 몸을 뒤집어주고.

아주 친한 사이라도 쉽게 할 수 없는 그 쉽지 않은 일을 옥유경은 이 년 동안 자원해서 해왔다고 했다.

설운이 가만히 옥유경을 내려 보았다.

동그랗게 뜬 두 눈으로 심각하게 면도를 하고 있는 모습이 너무나 귀엽고 사랑스러웠다.

두근대는 가슴.

문득 수염이 쉬지 않고 계속 자랐으면 좋겠다는 생각이 들었다.

피식.

말도 안 되는 엉뚱한 생각에 설운이 저도 모르게 웃음을 지었다.

"좋아요?"

옥유경이 웃으며 설운을 올려보았다.

설운을 빤히 쳐다보는 맑고 검은 눈동자. 설운이 차마 그 눈을 마주하지 못하고 시선을 돌려 버렸다.

"왜요?"

옥유경의 눈에 장난기가 감돌더니, 흑요석처럼 가만 눈동자가 집요하게 설운의 눈을 좇았다.

이리 피하고, 저리 피하고.

천하제일고수의 검이라 해도 피하지 않을 설운이었지만, 가녀린 여인의 아름다운 눈빛은 도저히 감당해 낼 수 없었다.

"왜요? 왜 그래요?"

설운의 마음을 아는지 모르는지 짓궂은 옥유경의 장난이 계속 이어졌다.

"아니……."

설운은 눈에 띄게 당황하고 있었다.

그 모습이 재밌어 보였는지 옥유경이 하던 장난을 멈추지 않았다.

요리조리 피하는 것도 한계가 있는 법. 마침내 더 이상 옥유경의 눈을 감당하지 못한 설운이 의자에서 몸을 일으켜 밖으로 달아났다.

"하하하하하."

옥유경이 박장대소를 했다.

뒤로 들리는 싱그러운 옥유경의 웃음소리가 설운을 더욱 무안하게 만들었다.

　　　　　*　　　　*　　　　*

　"행복해 보이십니다."

　설운과 함께 식사를 마치고 밖을 나서는 옥유경 곁으로 호위이자 사제인 이한이 다가왔다.

　"그래 보여?"

　밝은 미소가 얹힌 얼굴이 이한에게 반문을 했다.

　"네. 보기 좋아요."

　"그래?"

　옥유경이 살짝 미소를 지으며 나왔던 문 쪽을 바라보았다.

　"마음이… 있으신 겁니까?"

　조심스레 묻는 말이었다.

　옥유경이라는 사람을 알기에, 그녀와 다문경의 애절했던 마음을 누구보다 곁에서 지켜보아 왔기에, 이한의 물음은 단순한 호기심의 차원은 넘어서는 것이었다.

　"응?"

　무슨 말이냐는 듯 옥유경이 이한을 쳐다보았다.

　"아무래도……."

　뒷말을 흐리는 이한을 보다 옥유경이 그제야 자기 사제가 무슨 말을 하고 있는지 깨달았다.

　"아냐. 그런 거."

　옥유경이 살짝 얼굴을 붉히며 이한을 타박했다.

"그런가요?"

"그래. 아니야, 그런 거."

"그렇군요. 그냥 제 눈엔……. 아닙니다."

이한이 살짝 웃으며 옥유경 뒤로 물러섰다.

"그렇게 이상하게 보였어?"

잠시 서서 뭔가를 생각하던 옥유경이 이한에게 물었다.

"평범한 일은 아니었죠."

"그래?"

"네. 그분께서 떠나시고 늘 우울해하셨잖아요. 힘들어 하시고, 또……. 사실 예전 장안객잔에서 환히 웃는 모습을 보고 속으로 꽤 놀랐었습니다. 몇 년 만에 처음 보는 모습이었거든요."

"그거야. 자연스럽게 저 사람 곁에 머물려고 하다 보니……."

"지난 이 년 동안 정성스레 간병한 것은요?"

"그야, 응당 내가 해야 할 일이었잖아."

"그런가요? 뭐, 굳이 아가씨가 아니더라도 설 공자를 보살필 사람은 많았습니다만."

"그야."

습관처럼 반문하던 옥유경이 말을 잃고 입을 다물었다.

"정말, 아니세요?"

"그건……."

옥유경은 쉽게 말을 잇지 못했다.

"잘 모르겠어. 아니, 난……."

밝던 얼굴에 그늘이 졌다.

같이 있으면서 웃고 장난칠 땐 아무 생각이 없었는데, 문득 설운을 떠올리고 자신을 떠올리니 그동안 못 느꼈던 거리감이 느껴졌다.

생각지도 못한 일이었다.

정말 아무 생각 없이 설운을 대했던 것인데.

막상 이한의 애기를 듣고 보니, 생각할 게 많아졌다.

헷갈렸다.

그녀가 현재 가지고 있는 마음이 어떤 것인지.

설운을 보면 좋고 반가운 마음이지만, 그 마음이 남자를 대하는 마음이었다고는 생각할 수 없었다.

"아냐."

옥유경이 다시 문을 돌아보았다.

저 문을 넘어서면 행복하고 기분이 좋았다.

그와 얼굴을 마주하고, 함께 애기를 나누면 편안했고 또 설레었다.

하지만 그게 설운에 대한 연모의 정에서 나오는 것은 아니었다.

그렇다고 생각했다.

"괜히 미안하네……."

독백처럼 말이 새어 나왔다.

그를 보는 게 아니다.

그에게서 풍겨 나오는 또 다른 사람의 잔영을 좇고 있는 것이다.

오직 한 사람만을 보며 살아왔다.

세상에 수많은 남자가 있었지만, 옥유경의 눈엔 오직 한 사람뿐이었다.

이전도, 그리고 지금도.

그게 맞다.

"가. 쓸데없는 얘긴 그만하고."

잠깐 소회에 잠겨 있던 옥유경이 안색을 바꾸며 걸음을 옮겼다.

미안함. 그게 맞다.

그런데 이상했다.

머리로 생각이 끊이지 않았다.

이한과 나란히 걸어가는 옥유경의 얼굴이 그리 밝아 보이지 않았다.

아닌데. 그런 마음이 아닌데.

그런데 이상하게 아니라 생각하니 뭔가 아쉬웠다.

'뭐야?

처음 인식되는 낯선 감정.

아니라 생각하면서도 끊임없이 되새겨지는 설운의 얼굴이

마음의 확신을 흩뜨려 놓았다.

　'정말, 뭐지? 설마?

　"죄송합니다."

　이한이 옥유경에게 사과를 전했다.

　괜한 얘기를 꺼내 그녀의 심사를 어지럽힌 것 같았다.

　"아냐. 별 얘기도 아닌데 뭘. 신경 꺼. 네가 생각하는 것만큼 대단한 일은 아니야. 사실 너와 내가 주고받아야 할 만큼 중요한 얘기도 아니었어. 그러니 신경 쓰지 마."

　옥유경이 이한에게 미소를 지어 보였다.

　방금 전의 어두운 기색은 어디론가 사라지고, 그녀 본연의 밝은 미소가 얼굴에 가득했다.

　본마음이 어떻든 옥유경은 밝게 웃었다.

　왠지 그래야 흐려진 마음이 밝아질 것만 같았기 때문이었다.

　　　　　*　　　　*　　　　*

　설운은 밖을 향해 난 창문 옆 벽에 등을 대고 서 있었다.

　창을 통해 조금씩 멀어져 가는 발걸음 소리가 들려왔다.

　―아냐.

옥유경의 말이 귓가를 떠나지 않았다.

예상했던 일이었다.

그녀가 보고 있는 것은 자신이 아니라 그 너머의 또 다른 누군가임을 알고 있었기에 당연한 말이라 생각했다.

하지만 왠지 섭섭했다.

아쉽고, 허전했다.

—왜요? 왜 그래요?

장난치던 옥유경의 얼굴이 떠올랐다.

생각하자 가슴이 먹먹해졌다.

외사랑.

서로 마주하는 사랑이 아니라, 홀로 마음으로만 간직해야 하는 사랑.

쓴웃음이 났다.

그러다 스스로가 우스웠다.

'죽다 살아난 지 얼마나 되었다고.'

배에 기름이 낀 모양이다.

피의 전장 속을 굴러다닐 땐 이렇지 않았는데.

아무래도 지난 몇 년의 평온했던 삶이 생각보다 길었던 모양이다.

'할 일이 얼마나 많은데. 갚아야 할 빚도 많고.'

설운은 자신을 책망했다.

대야평 동굴에서 나올 때의 마음을 그새 잊었던 모양이다.

'그만.'

설운이 숙였던 고개를 들었다.

평생 처음 느껴지는 먹먹한 가슴은 여전히 그대로였지만,
설운은 애써 그 마음을 감추고 파묻었다.

'배가 불렀군.'

제자리에 선 채 숨을 들이켰다.

가슴이 터지도록 크게 한숨을 들이켰다.

그리고 길게 오랫동안 그 숨을 내뱉었다.

마치 몸 안의 남아 있는 쓸모없는 감정을 밖으로 내보내기
라도 하려는 듯이, 설운은 길고 길게 긴 숨을 내뱉었다.

제3장

다문륜(多門崙)

　폭포 밑 작은 소(沼) 아래로 맑은 시내가 흐르고 있었다.

　설운은 시냇가 둔덕에 자리를 잡고 낚싯대를 기울였다.

　대를 잘라 낚싯대로 삼고, 늘어진 줄에 가는 쇠붙이를 매달아 물 안으로 담갔다.

　미끼는 달았는지 안 달았는지 기억이 애매했다.

　낚시를 한답시고 앉아 있지만 고기가 목적이 아니었으니 미끼는 아무래도 상관없었다.

　설운은 낚시가 처음이었다.

　그동안 관심도, 할 기회도 없었기 때문이었다.

　그런 그가 지금 이렇게 개울가에 앉아 낚시를 하는 데는 별

다른 이유는 없었다.

딱히 할 일이 없는 무료한 일상이 원인이라면 원인이라 할 수도 있겠다.

가끔 낚싯대가 종으로 움직였다.

눈먼 고기가 낚시 바늘을 건드리고 간 모양이었다.

그러나 설운의 눈은 그곳에 있지 않았다.

쏴아아아아.

시원한 봄바람이 지나갔다.

바람이 지나간 자리에 봄 내음이 가득했다.

상큼한 풀냄새가 주변을 맴도니, 얽혀 있던 머릿속이 개운해지는 듯한 느낌이었다.

반짝이는 시내를 보며 설운은 생각에 잠겼다.

지난 과거를 돌아보고, 현재를 되새겼다.

살아온 삶, 그리고 그 결과인 지금.

좋은 기억보다는 안 좋은 기억이 더 많이 떠올랐다.

무림을 생각했다.

마신궁을 생각했고, 요당을 떠올렸다.

사부가 생각나고, 동방우가 떠올랐다.

그동안 해왔던 일, 그리고 앞으로 해야 할 일. 가만히 이대로 이곳에 머물 것이 아니었으니, 앞을 향한 계획과 준비도 염두에 두어야 했다.

그러나 시시각각 떠오르는 옥유경의 얼굴에 생각은 자꾸

만 다른 길로 빠졌다.

　의식하지 않으려 이런저런 생각을 떠올리고 있건만, 정념의 깊은 수렁은 천화경을 넘어서는 절대고수의 심력으로도 쉽게 헤어 나오지 못할 무저갱의 아득함과 다름없었다.

　"후우."

　낮게 한숨을 쉬고 설운이 낚싯대로 시선을 돌렸다.

　무는 고기가 없는지 한참을 기다려 봤지만, 낚싯대는 변동이 없었다.

　날씨만 우라지게 좋을 뿐이었다.

　맑은 하늘 아래 그렇게 시간을 보내던 설운이 주섬주섬 자리에서 일어섰다.

　생각도 정리할 겸 나선 자리였는데, 꼬인 머리는 풀리지 않으니 그만 정리하고 돌아갈 요량이었다.

　일어서서 몸에 묻은 흙먼지를 털고 있을 무렵, 설운의 기감으로 강한 기운이 느껴졌다.

　아직은 먼 듯 그 기운이 완전하진 않았지만, 이미 전해진 기세만으로도 충분히 대단한 것이었다.

　호기심 어린 눈으로 기운이 다가오는 방향을 보니 기운이 강해져 마치 해일이 밀려오는 듯 막대한 기운이 몰려왔다.

　사부와 다문경을 제외하곤 처음으로 맞이하는 강한 기세였다.

잠시 후, 하늘에서 하나의 인형이 표표히 땅으로 내려앉았다.

하얀 백의에 눈처럼 하얀 머리가 인상적인 선풍도골의 노인. 대춧빛 얼굴 위로 정기 어린 눈빛이 결코 평범한 사람이 못 됨을 말해주었다.

노인이 뒷짐을 쥔 채 잠시 설운을 바라보았다.

입가에 어린 가벼운 미소는 불어오는 봄바람과 비슷했지만, 맑게 정제된 두 눈빛은 결코 상대를 편히 대하지 못하게 하는 은은한 위압감이 있었다.

그것은 오직 이룬 자만이 보일 수 있는 여유.

또한 그것은 지극히 높은 위치에 오른 자만이 가질 수 있는 자연스런 권위의 발로였다.

한 걸음, 노인이 설운 쪽으로 발을 내밀자 천산의 거대한 산맥이 다가오는 듯했다.

압도적인 위압감을 보이는 백의 노인.

설운은 어렵잖게 그 노인의 정체를 짐작할 수 있었다.

"다문륜(多門崙)일세."

노인이 손을 내밀어 악수를 청했다.

간단한 손짓이건만, 거대한 산악이 움직이는 듯한 웅장한 기도가 내포해 있었다.

"부족하지만 당대의 천룡문을 이끌고 있는 사람이지."

천룡문 문주 다문륜.

사부와 더불어 천하제일의 무공을 가진 진정한 강호의 절대자가 설운 앞에 그 모습을 드러냈다.

"설운입니다."

설운이 예를 갖춰 절을 하고 다문륜의 인사에 화답을 했다.

"뵙게 되어 영광입니다."

상투적 인사였지만, 묘한 기분이 드는 말이 다문륜에게 전해졌다.

천룡문주 다문륜.

불과 얼마 전까지만 해도 한 하늘 아래 같이 서 있을 수 없었던 설운의 제일적.

설운이라는 이름보단 '마신궁의 혈령이오' 라는 인사가 더 어울리는 사람.

비록 그동안 상황이 변해 함께 서 있어도 문제가 안 될 사이가 되었지만, 천룡문의 문주라는 자리는 아직은 설운에게 편히 마주할 수 있는 존재는 못 되었다.

"듣던 대로 신수가 훤한 청년이로군."

"과찬이십니다."

"내 한 번쯤은 자네를 보고 싶었는데, 이리 우연찮게 자네를 보게 되니 아주 기분이 좋아."

다문륜이 미소 어린 얼굴로 고개를 끄덕였다.

마치 오래전부터 알고 있던 사이처럼, 다문륜은 설운을 대함에 스스럼이 없었다.

"내 집에 사람을 모셔놓고 모른 척 지내는 것도 예의가 아닌 것 같아 이리 자네를 보러 왔네. 혹, 방해가 되었는가?"

"그렇지 않습니다."

설운이 어색한 기분을 잠시 한쪽으로 접어두고 다문륜의 호의를 담담히 받아들였다.

"그렇다면 다행이고. 허허."

자연스러우나 결코 가볍지 않은 다문륜의 웃음이 설운에게로 퍼져 나왔다.

*　　　*　　　*

설운과 다문륜이 설운의 거처로 자리를 옮겼다.

"문주님?"

"제자 이한이 문주를 뵙습니다."

예고 없던 다문륜의 방문에 옥유경과 이한은 깜짝 놀라고 있었다.

평소 같은 담벼락 안에 살아도 얼굴 한 번 제대로 보기 힘든 어른이었다.

명절이거나 혹은 문에 특별한 행사라도 있는 날이 아니면 옷자락조차 비치지 않던 문의 제일 어른이, 천룡문 안도 아닌 이곳 문파 외곽에까지 친히 행차를 했으니 그 놀람이 오죽했을까?

이한이 급하게 나무집 안을 정리하느라 수선을 피웠고, 옥유경은 옥유경대로 얼떨떨한 기색을 감추지 못하였다.

"잘 지냈더냐?"

다문륜이 옥유경에게 그간의 안부를 물었다.

만약 손자인 다문경이 그렇게 짧은 생을 마감하지 않았다면, 어쩌면 지금쯤은 자신의 손부가 되어 있을지도 모를 아이였다.

"염려해 주신 덕분에 저는 잘 지냈습니다."

"어려운 일은 없었고?"

듣기에 따라 여러 가지 의미로 해석될 수 있는 말.

"별일 없었습니다."

옥유경이 공손하게 답을 올렸다.

"그럼 됐다."

다문륜이 고개를 끄덕이더니 가만히 옥유경의 등을 두어 번 두드려 주었다.

따스함이 느껴지는 손길이었다.

가족으로서의 연은 끊겼지만, 마음은 아직 지난 인연을 간직하고 있었다.

혼인을 올린 것도 아니고, 정식으로 혼약을 맺은 것도 아니었지만, 다문륜에게 옥유경은 쉽게 끊을 수 없는 깊은 인연의 고리로 이어진 사람이었다.

"그나저나 밥 한 끼 먹을 수 있겠느냐? 때가 되어서인지 배가 출출하구나."

"금방 준비하겠습니다."

"이왕이면 함께 먹자꾸나. 내 그동안 소원하여 너와 밥 한
끼 같이하지 못했구나. 저기 설 공자도 함께하면 더 좋겠
고."

다문륜이 설운을 보며 식사를 권했다.

거절할 이유는 없었다.

간단하지만 정갈한 음식들이 탁자 위에 차려졌다.

소박하지만 맛있는 음식에 다문륜이 옥유경의 음식 솜씨
를 칭찬했다.

"손자며느리가 되었어야 했는데 말이야……."

혼잣말처럼 흘러나온 다문륜의 말에 옥유경의 얼굴이 잠
깐 흐려졌던 것을 제하고 나면, 꽤 오붓한 오찬 자리였다.

모두가 포만감을 느낄 만큼 배불리 식사를 했고, 특히 다문
륜이 먹은 음식의 양은 생각을 뛰어넘는 부분이 있었다.

"고맙게 잘 먹었다."

식사 후 그릇을 내어가는 옥유경에게 다문륜이 또 한 번 감
사를 표하는 것을 잊지 않았다.

다문륜은 얼굴 가득 만족감을 드러내며 밝게 웃고 있었다.

잠시 후, 비워진 탁자 위로 차와 더불어 간단한 다과가 놓
여졌다.

눈치 빠른 옥유경이 가만히 자리를 비켜주었고, 설운과 다문륜만이 탁자에 남았다.

"자네에 대한 얘기는 많이 들었다네. 역대 혈령 중에서도 한둘 안에 들 수 있는 강자라는 말과 함께 말일세."

다문륜이 먼저 입을 열었다.

"일 처리가 깔끔하고, 확실하다더군."

설운은 가만히 듣고 있었다.

"나이답지 않게 노련함도 있고."

다문륜은 지난 시절의 얘기로 대화를 시작했다.

"알다시피 마신궁과 천룡문은 얽힌 게 많은 사이지. 그래서 좋든 싫든 자네에 대해서는 많은 것을 듣게 된다네. 보기에 사소하다 싶은 것까지도 말일세."

"그렇겠지요."

"경이의 마지막을 자네가 함께했었다고 들었네. 자네가 그 아이의 진전을 이었다는 말도 들었고."

다문경의 얘기를 하는 다문륜의 표정이 살짝 굳어졌다.

하나뿐인 손자. 기대가 컸던 핏줄. 말을 하다 보니 헌앙하던 손자의 얼굴이 새삼 그리웠다.

하지만 그리운 표정은 오래가지 않았다.

"그동안 자네에 대해 많이 생각했었네. 어찌 생긴 녀석일지. 과연 경이가 자신의 모든 것을 내주어도 될 만큼 괜찮은 녀석일지. 바라건대 마기에 찌들려 인성을 잃어버린 귀물은 아니길 소원하고 바랐었다네."

다문륜이 설운과 눈을 마주쳤다.

"한데, 조금 뜻밖이었네."

다문륜이 설운의 모습을 빤히 지켜봤다.

"내가 생각했던 것과는 많이 달라. 비록 자네가 경이의 기운을 받았다 해도 본래 근본은 가리지 못할 것이라 생각했었거든. 그런데 아니야. 많이 달라. 아무리 봐도 자네에게선 마신궁의 마기가 느껴지지 않는군."

한철이라도 뚫을 듯한 예리한 안광이 설운의 아래 위를 훑고 지나갔다.

"천성일까? 아니면 그 아이가 자네에게 준 기운 때문일까? 이도 저도 아니라면 혹 새로운 뭔가가 있기 때문일까?"

다문륜의 말처럼 설운에게서는 더 이상 예전의 어둡고 습한 기운이 느껴지지 않았다.

주변을 긴장시키던 파괴적인 기운도 사라진 지 오래였다.

평범하다 싶을 만큼 차분하고 안정된 느낌은 분명 예전의 설운에게서는 볼 수 없던 것들이었다.

"자넨 혈령이었으되, 더 이상 혈령은 아니로군."

과거와 현재의 설운을 정의하는 다문륜의 말은 설운의 정확한 모습을 집어낸 것이었다.

"그래 이젠 어떡할 텐가? 그냥 이대로 여기에 머무는 것도 나쁘진 않아 보이는데?"

다문륜의 설운의 미래를 물었다.

본격적인 얘기를 꺼내 든 것이었다.

"그전에 한 가지 여쭙고 싶은 것이 있습니다."

"뭔가? 궁금한 것이?"

"왜 저를 구하라 하셨습니까?"

설운이 진지한 얼굴로 다문륜에게 그의 의중을 물었다.

"적이 아니니까."

"그것이 이유의 전부입니까?"

"내 친손자와 인연이 닿은 사람이기도 했고."

설운이 고개를 저었다.

"부족합니다. 말씀하신 것들이 저를 돌보신 이유의 일부가
될 수는 있겠지만, 많이 부족합니다."

"왜 그리 생각하나?"

"천양옥실."

설운의 눈빛이 깊게 가라앉았다.

"문주님께서 말씀하신 이유들이 가벼운 것이라고 생각하
진 않지만, 그 이유들이 천양옥실을 설명하기엔 부족함이 많
습니다."

계속 품어왔던 의문이었다.

옥유경으로부터 자신의 치료 과정에 대해 얘기를 들었을
때, 설운은 자신이 잘못 들은 줄 알았다.

천양옥실이라니.

모르는 사람은 모르되, 그것을 아는 사람에게 천양옥실이란 세상 그 무엇과도 바꿀 수없는 무가(無價)의 귀보(貴寶)였다.

단지 위급한 상황에 빠진 사람 구하자고 함부로 꺼내 쓸 수 있는 그냥 그런 물건이 아닌 것이었다.

"말씀해 주십시오. 왜 저에게 그런 호의를 베푸셨는지. 저는 이해가 되지 않습니다."

설운이 또렷한 눈으로 다문륜을 바라보았다.

흔들림 없는 눈동자 너머로 답을 요구하는 강한 의지가 엿보였다.

다문륜은 말이 없었다.

설운의 눈을 마주한 채, 다물어진 입을 한참 동안 열지 않았다.

"궁금한가?"

꽤 오랫동안 말이 없던 다문륜이 마침내 입을 열었다.

설운이 고개를 끄덕였다.

"하긴 궁금할 법도 하지."

다문륜이 혼자 고개를 끄덕이다 의자 깊숙이 몸을 묻었다.

"그러나 아쉽지만 말해줄 수는 없네."

처음으로 표정을 굳히며 다문륜이 단호하게 말을 꺼냈다.

"그것은 또 왜입니까?"

"단순해."

다문륜의 전신으로 위엄이 서렸다.

"아직 자네의 능력이 모자라기 때문일세."

"그게 무슨?"

"말 그대로네. 자네는 아직 그 이유를 들을 자격이 부족하단 말일세."

"제가 천룡문의 사람이 아니라서 하시는 말씀입니까?"

다문륜이 고개를 저었다.

"말 그대로일세. 자네의 능력이 아직 모자라기 때문이야."

"대체 그게 무슨 말씀이신지?"

설운은 당황했다.

생각지도 못한 다문륜의 말에 설운은 말을 잃어버렸다.

구해준 이유를 듣는데 무슨 자격이 필요하다는 말인가?

"궁금하겠지. 하나 어쩔 수 없네."

다문륜이 몸을 기댔던 의자에서 천천히 허리를 바로 세웠다.

"다만 한 가지는 말해줄 수 있다네. 세상은 자네가 생각하는 것보다 훨씬 복잡하게 얽혀 있다는 말. 그게 지금 내가 자네에게 해줄 수 있는 유일한 답이네."

대화가 끊어졌다.

다문륜은 더 할 말이 없었고, 설운은 더 물을 수 없었다.

단호한 다문륜의 표정은 더 이상의 질문을 용납하지 않았다.

궁금했으나 의문만 더 쌓였다.

제4장
출도(出道)

"떠날 때가 된 듯합니다."

봄이 가고 여름이 시작될 무렵, 설운은 다시 세상에 나서겠
다는 말을 했다.

"강호로 돌아가시겠다는 말씀인가요?"

설운이 고개를 끄덕였다.

"충분히 쉬었습니다. 몸도 회복되었고, 더 이상 미룰 이유
가 없습니다."

"그렇군요."

옥유경이 공감을 표했다.

"준비는 하고 떠나시는 거겠죠?"

"네."

생각은 많이 했다.

반성도 많이 했고.

지난 실패의 원인을 곱씹어보며 무엇을 잘못했던지 고민도 많이 했다.

"다시는 자만하지 않을 겁니다."

자신감이라고 생각했었다.

적어도 제 한 몸 지킬 자신은 있었기에, 행보에 거리낌이 없었다.

보이지 않는 적을 찾기만 하면 모든 게 다 해결될 것이라고 생각했다.

보이지 않는 깊숙한 곳에서 적이 자기 목숨을 노리는 줄도 모르고, 세상모르는 철부지처럼 어리석게 행동했다.

알게 모르게 자만심이 넘쳐났었다.

"어떡하실 생각인지 여쭈어봐도 될까요?"

예나 지금이나 적은 숨어 있었다.

동방우라는 커다란 목표 하나가 눈에 띄지만 그를 죽인들 상황이 크게 바뀔 것 같진 않았다.

결국 그때나 지금이나 그리 크게 변한 것은 없는 상황이었다.

"생각을 많이 해보았습니다. 무엇을 어떻게 하면 저들을 막을 수 있을지. 저들은 여전히 어둠 속에 있고, 나는 저들에 대해 아는 것이 없으니까요."

천하는 모르겠지만, 이미 무림강호는 그들 손에 있는 것이나 마찬가지였다.

설운의 판단이 맞다면 마각도, 귀전도, 요당도 이젠 모두 한통속이라 봐야 했다.

드러나지 않는 곳에 몸을 숨기고, 저들이 암중에서 천하를 주무르고 있는 형세였다.

"옳은 판단인지는 모르겠지만, 고민 끝에 한 가지 결론을 얻어내긴 했습니다."

"뭐죠? 그 결론은."

"천하."

"천하?"

"네, 천하. 이렇든 저렇든 결국 저들이 원하는 것은 천하라는 생각이 들었습니다. 숨어 있든 밖으로 나오든 저들이 결국 바라는 것은 천하, 바로 그것이겠다는 생각이 들더군요."

"그래서요?"

"숨어 나오지 않는 적을 일일이 찾아다니며 무찌른다는 것은 거의 불가능한 일이나 다름없을 겁니다. 하지만 만약 누군가 있어 저들이 목표로 하는 무림천하를 먼저 수중에 쥐어버리면……."

"아!"

옥유경이 설운이 생각하는 바를 읽고 낮게 탄성을 질렀다.

"내가 가져 버릴 겁니다. 적을 찾아 온 천하를 떠돌 것이 아니라, 그냥 내가 천하를 다 가져 버리는 겁니다. 그러면 반응이 있겠죠. 더욱 숨거나, 아니면 나를 쫓거나."

"가능할까요?"

천하를 갖겠다는 설운의 말에 옥유경이 조심스럽게 의문을 제기했다.

말로는 간단한 일이었다.

천하를 수중에 쥐고, 그것을 탐내는 자들이 자신에게 오는 것을 기다린다…….

하지만 전제부터 문제가 있었다.

말이 쉬워 천하를 갖는 것이지, 그게 어디 사람 마음먹는 대로 쉽게 될 일이던가?

"숨은 적들을 찾아다니는 것보다는 쉬울 것이라 생각합니다. 물론 시간은 걸리겠지만, 전혀 불가능한 일은 아닐 거라 생각합니다."

설운이 담담히 말을 이어갔다.

천하무림을 도모하겠다는 말을 너무 자연스럽게 말하고 있어서, 그 말이 너무도 당연하게 들리기까지 했다.

"자만하는 것은 아닙니다."

설운이 씩 웃었다.

"그렇게 하고야 말겠다는 의지이지요."

웃음 뒤로 보이는 강한 신념이 옥유경에게 묘한 매력으로 다가왔다.

"결국 저들은 나에게로 오게 될 겁니다. 나를 넘지 않고서는 저들이 원하는 것을 얻지 못할 테니 좋든 싫든 나에게 올 수밖엔 없을 겁니다."

설운은 차분했다.

"그리고 그때가 저들의 마지막이 되겠지요."

옥유경은 설운의 얼굴만 쳐다보고 있었다.

천하를 손에 넣겠다는 얼토당토않은 이야기를 하고 있는 사람인데, 어쩐지 그의 말이 비현실적으로 들리지 않았다.

그가 하는 말이라 자연스러웠고, 그라면 해낼 수 있을 것만 같았다.

"무림맹에서부터 시작할 생각입니다. 당금 무림맹이 갖고 있는 상징성도 있고, 더해서 갚을 빚도 있구요."

설운은 동방우를 떠올렸다.

곱게 죽이진 않을 생각이었다.

"무림맹을 손에 넣으면 천하제패에 한 걸음 더 가까워지겠죠. 그리고 흑도맹, 세외……. 어디까지 가야 끝이라 할진 모르겠지만 갈 데까지 가볼 생각입니다."

"제가 도울 일은 없을까요?"

옥유경의 말에 설운이 가만히 미소를 지었다.

"필요하다면 부탁을 드리겠습니다."

"꼭, 그렇게 해요."

한 사내가 꿈을 꾸고 있었다.

보통 사람이라면 애초에 생각지도 않을 일을 자연스럽게, 당연하다는 듯이 말하고 있었다.

이상해 보이지 않았다.

그리고 그렇게 될 것만 같다는 바보 같은 생각도 들었다.

꿈을 꾸는 남자, 그리고 그 꿈을 현실로 여기는 여자.

둘은 말없이 서로를 바라보았다.

속내를 감춘 눈빛이 오고 갔고, 한 남자는, 그리고 한 여자는 서로의 눈을 한참을 들여다보고 있었다.

*   *   *

설운은 홀로 동경(銅鏡) 앞에 섰다.

평생을 보아왔던 얼굴이 그 안에 있었다.

한참 자신의 얼굴을 바라보던 설운이 속으로 내기를 운용하기 시작했다.

단전을 맴돌던 내기가 혈을 타고 위로 올라왔다.

중단전을 넘어 목을 지난 내기가 설운의 안면 근육 속으로 스며들었다.

투둑.

설운의 얼굴이 기이하게 일그러지며 뼈와 근육이 움직이기 시작했다.

동경 안에 비치던 설운의 얼굴이 차츰차츰 변하기 시작하더니, 어느새 동경 속엔 처음 보는 낯선 얼굴이 하나 보였다.

감정이 보이지 않는 무표정한 얼굴. 얇은 입매가 표정과 어울려 차가운 분위기를 더했다.

설운이 얼굴을 좌우로 돌려 변한 얼굴을 바라보았다.

이리저리 한참을 살펴보던 설운이 만족한 듯 입가에 미소를 띠었다.

입꼬리가 살짝 올라가는 미소.

미소보다는 조소에 가까운 차가운 웃음은 날카로운 인상과 어울려 설운을 완전히 다른 사람처럼 보이게 만들었다.

'이 정도면 알아보는 사람이 없겠지.'

설운은 서안에서 있었던 일을 기억했다.

─혈령귀마!

암계의 대미를 장식했던 그 목소리는 설운 자신이 얼마나 세상을 쉽게 보고 살아왔는지를 뼈저리게 느끼게 했다.

'두 번은 반복하지 않는다.'

새로이 내딛는 걸음의 첫 번째 일은 얼굴을 바꾸는 것이었다.

누구도 자신을 알아볼 수 없게, 설운은 내기를 이용하여 얼굴 자체를 바꿔 버린 것이었다.

'그럭저럭 봐줄 만하네.'

완전히 마음에 드는 얼굴은 아니었다.

표정이 사라진 딱딱한 얼굴이 마치 가면을 쓰고 있는 것처럼 경직되어 있었다.

솔직한 심정은 불만 쪽에 가까웠다.

그러나 지금 이 얼굴이 그가 바꿀 수 있는 최선의 결과였다.

사실 처음엔 인피면구를 착용할까 생각했었다.

그러나 그 생각은 금방 접었다.

일반적인 사람이라면 모르되, 절정 이상을 이룬 무인에겐 아무리 정교한 인피면구를 쓴다 하더라도 금방 들키게 되어 있었다.

분장은 더욱 안 될 말이었다.

어느 세월에 분장을 했다 지웠다 할 수 있을까.

가장 좋은 것은 역용술이었다.

몸의 진기를 이용해 얼굴을, 경우에 따라서는 몸의 체형까지도 바꿀 수 있는 그 기술은, 아쉽게도 설운은 익히지 않고 있던 것이었다.

얼굴을 바꿔야 하는데 방법이 없었다.

그러다 고민 끝에 내린 결론이 직접 한번 해보자는 것이었다.

내기의 운용에 대해서는 더 이상 배울 것이 없는 설운이었으니, 몇 번 시행착오를 거치다 보면 어찌 되지 않을까 하는 생각에서였다.

그리고 그 결과물이 이 얼굴이었다.

얼굴 근육과 뼈를 움직이는 것은 그리 어렵지 않았으나, 원하는 대로 정교하게 움직이는 것은 생각 이상으로 쉽지 않았다.

설운이 다시 한 번 동경 속 자신의 얼굴을 바라보았다.

굳은 듯 어색한 표정이 차갑게 보였다.

의도했던 얼굴은 이게 아니었는데, 정교하지 못했던 결과가 이런 얼굴이 되어버렸다.

'할 수 없지, 뭐.'

그래도 영 못 봐줄 정도는 아니라는 데 위안을 삼고 이 얼굴에 만족하기로 했다.

하긴 원래 표정이 많지 않던 설운이었으니 어찌 보면 이게 오히려 더 편할지도 몰랐다.

동경을 보던 설운이 몸을 돌려 침상으로 걸어갔다.

그리고 침상 위에 곱게 접힌 채 놓여 있는 하얀 백의를 집어 들었다.

떠나는 그를 위해 옥유경이 손수 장만한 옷이었다.

—밝게 살아요.

백의보다 환한 웃음을 지으며 옥유경이 옷을 내밀었었다.

—눈대중으로 지은 옷이라 맞을지 모르겠어요.

옷을 건네며 옥유경이 걱정을 했었다.

'어디.'

입고 있던 옷을 벗고, 옥유경이 준 옷을 걸쳤다.

'이런.'

품이 컸다.

남의 옷을 빌려 입은 듯 옷이 헐렁했다.

'그래도.'

벗을 생각은 없었다.

이 옷을 짓기 위해 옥유경이 들였을 시간과 정성을 생각하니, 옷은 세상 어떤 맞춤옷보다도 더 마음에 드는 것이었다.

옥유경이 지어준 옷을 입고 있으니 마치 그녀의 품 안에 안겨 있는 듯한 기분이 들었다.

무슨 생각이 들었는지 설운의 심장이 쿵덕거리며 뛰었다.

설운이 세차게 머리를 저었다.

다행히 무표정하게 변해 버린 설운의 새로운 얼굴이 비밀스런 속내를 잘 가려주고 있었다.

'그리고.'

옷 옆에 놓여 있던 검을 들었다.

특이할 것 없는 평범한 청강검. 정체를 숨겨야 하는 설운으로서는 혈령검도 백검도 지닐 수 없었기에 새로 검 한 자루를 맞췄다.

검을 만든 장인이 솜씨가 좋은 이였는지 검을 쥐니 평소 쓰던 검처럼 익숙하게 느껴졌다.

'이제 다 됐나?'

모든 준비를 마친 설운이 다시 한 번 동경을 들여다보았다.

헐렁한 옷에 검을 들고 서 있는 키 큰 사내가 낯설게 보였다.

자기를 보고 있는데, 모르는 타인을 보고 있는 듯했다.

그러니 잘된 것이다.

이제 누구도 모를 것이다.

얼굴이 바뀐데다 혈령마기와 천룡대강기가 하나로 섞이면서 본래 풍기던 기운까지 바뀌어 버렸으니, 설운이 말하지 않는 이상 누구도 그의 정체를 알아보지 못할 것이었다.

"그럼 가볼까?"

내기의 작용으로 목소리마저 바뀌어 버린 설운이, 마지막으로 동경을 보며 한 번 씨익 웃었다.

역시 이상했다.

괜히 봤다 싶었다.

동경을 보던 설운이 몸을 돌려 문을 향했다.

한 걸음.

내딛는 걸음에 천근의 무게가 실려 있었다.

천하.

이제 딛는 발걸음의 끝에 천하가 기다리고 있다.

얼마나 오랜 시간이 걸릴 지 알 수는 없지만, 이 걸음의 끝에 원하는 결과물이 기다리고 있음을 의심하진 않았다.

무림 천하.

수천 년을 이어온 도도한 상대를 향해 설운이 마침내 발을 내딛는 것이었다.

제5장

무림맹(武林盟)

　여름을 맞이하는 무림은 계절만큼 뜨거웠다.

　별다른 특별한 일 없이 잠시 소강상태에 접어들던 강호무림이 또 한 번 새로운 질서의 재편이라는 격랑의 소용돌이 속으로 빠져 들고 있었던 것이었다.

　그 중심에 무림맹이 있었다.

　허울 좋던 이름 외엔 아무 권위도 힘도 없던 무림맹이 동방우의 맹주 등극으로 인해 이전과는 다른 강한 위세를 가지게 된 것이었다.

　맹주로 등극한 동방우는 취임하자마자 무림맹의 편제 개편을 선언했다.

무림맹이 천하 강호 문파의 연합체이면서도 그동안 별다른 힘을 갖지 못한 이유가 실질적인 무력의 부족 때문임을 알고 있던 동방우는 천하 각 문파를 독려해 무림맹의 독자적인 무력화를 추진했다.

이전, 그때그때 필요에 따라 각 문파가 보내준 무인으로 운용되던 맹의 편제를 상시, 독립적인 편제로 바꾸고 각 문파에 일정 인원 이상의 차출을 요구했다.

또한 무인 선발 부서를 창설해 각 문파가 보내주는 무인 외에 별도로 자체 무사를 선발, 모집했다.

이전의 힘없던 맹주와 달리 천하무림인의 절대적 지지를 등에 업고 맹주 자리에 오른 동방우는 그 스스로가 지닌 강한 힘이 있었기에 누구도 내지 못했던 강한 목소리로 각 문파에 자신의 요구를 확실히 전할 수 있었고, 효과는 바로 나타났다.

기존의 명문대파라 할 수 있는 구대문파와 오대세가뿐 아니라, 새로이 떠오르는 신흥세력인 승삼세, 그리고 기타 여러 중소 문파로부터 적지 않은 수의 무인이 차출되어 무림맹 정규 무사로 근무하게 되었다.

그 수만 무려 오백.

거기에 따로 창구를 마련해 지속적으로 선발해 온 무인의 수가 또한 오백이니, 도합 일천에 이르는 어마어마한 수의 무인이 무림맹 직속 무사로 일을 하게 된 것이었다.

그게 다가 아니었다.

직속은 아니되 임의 편제가 되어 맹주가 필요할 때 각 문파가 무조건적으로 보내주기로 한 예비 무사가 또한 일천이니 무림맹은 물경 이천이 넘는 엄청난 수의 무인을 거느린 거대 조직으로 탈바꿈한 것이었다.

*　　　*　　　*

호북 무한 무림맹.

늘어난 인구를 감당하기 위해 새로이 건물을 짓느라 분주한 가운데, 한쪽에서는 무림맹에 입맹코자 찾아온 수많은 무사로 장사진을 이루고 있었다.

출신 성분, 나이, 성별은 저마다 다 달랐지만, 새로이 탄생한 무림맹의 일원이 되어 새로운 삶을 살고자 하는 열망은 모두가 다 한 가지였다.

물론 지원하는 모두가 무림맹의 일원이 될 수는 없었다.

맹이 정해놓은 일정 수준 이상의 무공을 가진 자만이 맹에 들어올 수 있었으니, 지원하는 자는 많았지만 실제로 입맹 허가가 나는 지원자는 서른에 한둘에 지나지 않았다.

지원자는 많아도 쓸 만한 자는 드문 것이 현실이었다.

그래도 지원하는 무사의 수가 원체 많다 보니 그렇게 모이는 무사의 수도 결코 적지 않은 실정이었다.

"이름?"

"전일(田一)이라 하오."

"나이?"

"서른다섯이오."

"병종(兵種)?"

"도를 쓰오."

"접수되었소. 다음?"

접수원들은 불친절했다.

지원자들과 눈 한 번 제대로 마주치는 법이 없었다.

수준 낮은 지원자가 대부분이다 보니, 은연중에 그들을 무시하는 분위기가 형성된 탓이었다.

거기에 무한 특유의 습기 어린 여름 날씨 속에서 꾸역꾸역 밀려드는 지원자들을 계속 상대하느라 몸도 마음도 지친 탓이 컸다.

무사의 수란 한계가 있는 법이니 언젠가는 지원자가 줄어들겠지만, 당분간은 밀려드는 지원자를 처리하느라 고생깨나 하게 생겼다.

"이름?"

다음 지원자를 맞았다.

대답이 없었다.

"이름?"

다시 불러도 대답이 없었다.

"에이."

접수원이 인상을 쓰면서 고개를 발딱 쳐들었다.

더운 날씨에 가뜩이나 일에 치여 짜증이 밀려오는데 바로바로 대답이 없자 짜증이 더해졌다.

"아니, 이름이 뭐……."

인상을 쓰며 사내를 쳐다보던 접수원이 말끝을 흐렸다.

한여름의 날씨가 무색하게 만드는 서늘한 안광의 사내. 흐트러진 옷에 표정 없는 차가운 얼굴이 자신을 보며 서 있었다.

접수대에 앉아 있다 해도 명색이 무림맹 정예무사였다.

하지만 앞에 선 사내의 냉막한 얼굴 앞에선 감히 함부로 더말할 용기가 생기지 않았다.

"운경(雲景)."

"아니, 나는, 저, 대답이……."

"운경."

"운경이라시면……. 아, 이름."

접수원이 접수대장에 이름을 기입했다.

"나이는……?"

"서른."

"서른이시고. 쓰는 병……?"

"검."

"아, 네. 검."

고분고분 사내가 이르는 말을 따라 적던 접수원이 공손히 사내가 가야 할 길을 일러주었다.

"이쪽으로 가시면 됩니다."

좀 전의 짜증과 호기는 이미 어디론가 사라지고 없었다.

얼굴만으로 상대의 기를 죽여 버리는 사내에게 욕을 안 들어 먹은 것만으로도 다행이라 여겼다.

눈치 구(九), 무공 일(一)의 인생을 살아왔다.

자신이 생각하는 게 맞다면 저 사내는 고수다.

풍기는 분위기 자체가 이미 다르다.

딱 보면 알 수 있다.

입맹에 문제가 없을 것이고, 자기보다 높은 직위를 부여받게 될 게 분명했다.

아마 자신의 판단이 정확할 것이다.

입맹 신청을 한 사내, 설운이 접수처를 빠져나왔다.

'운경.'

낯선 듯 익숙했다.

이름을 물을 때 잠깐 생각을 해야 할 만큼 낯선 이름이었지만, 한 자 한 자 곱씹어보면 익숙한 이름이었다.

본명을 쓸 수 없어 대신 만든 이름이었다.

자신의 이름에서 한 자, 다문경의 이름에서 한 자, 그렇게 만든 이름이 운경이었다.

급히 만들긴 했어도 이름 자체는 마음에 들었다.

어감도 좋고, 의미도 있고. 꽤 괜찮게 느껴졌다.

표정을 잃어버린 얼굴과 몸에 맞지 않는 옷에 비하면 그나마 마음에 드는 것이 그 이름이었다.

'그나저나.'

왔던 길을 돌아가던 설운은 잠시 고민에 빠졌다.

'바꿀까?'

접수원이 보이던 반응이 마음에 걸렸다.

그냥 아무 감정 없이 가만히 있었을 뿐인데, 접수원은 지나친 반응을 보였다.

분명 얼굴 때문이었다.

신경이 쓰였다.

이곳은 무림맹, 무림 정파의 근간이 되는 곳이다.

설운은 이곳에서 자신의 새로운 무림행을 준비하려 했다.

업적을 쌓고 명성을 얻어 천하를 품속에 넣을 예정이었다.

그런데 얼굴이 안 받쳐 준다.

정파 협객에 어울리지 않는 얼굴, 신경이 쓰일 수밖에 없었다.

*   *   *

'정말 놀랍군.'

설운의 고민 아닌 고민은 삼 일 후 깔끔히 해소되었다.

무림맹 지원자들을 대상으로 한 검증시험장.

지원자들의 기본적인 능력을 확인하는 자리였다.

설운과 같은 날 지원한, 총 이백예순두 명의 무사를 대상으로 치러진 그날 검증시험장에서 설운은 놀라운 것을 목격했다.

"산동악가 출신의 악호(岳虎)라 하오. 지금부터 여러분의 일신 역량을 확인할 시험 감독이니, 이제부터 내가 하는 말을 잘 듣고 잘 따라주기를 바라오."

악호는 거대 범종이 울리는 듯한 커다란 목소리에 구 척 거구의 덩치를 자랑하는 중년 사내였다.

권을 주로 쓰는 악가의 사람답게 그의 전신은 울퉁불퉁한 근육이 갑옷처럼 튀어나와 있었다.

위압감이 장난이 아니었다.

한데 정작 놀라운 것은 따로 있었으니, 바로 그의 외모였다.

양끝이 올라간 크고 둥근 고리눈에, 약간 불그스름한 낯빛, 두툼한 입술 안으로 살짝살짝 보이는 누런 송곳니와 여기저기 얽혀 있는 징그러운 흉터들, 거기에 하관을 가득 덮은 굵은 수염까지.

무림맹 연무장 한쪽에 차려진 검증시험장에 들어서 있는 이백 명 이상의 무인이, 그의 인상에 감히 쥐 죽은 소리조차 내지 못할 만큼 그의 외모가 주는 흉포함은 가히 압도적이었다.

전통의 무가인 악가 사람이라는 말을 듣지 않았다면 이곳이 무림맹이 아니라 흑도맹 연무장이라 해도 믿을 수 있을 것 같았다.

"아시겠소?"

─알아 처먹었어?

분명 누군가의 귀에는 그리 들릴 것이 뻔한 그의 말에 이백여 명의 무인이 미리 연습이라도 한 것처럼 소리 높여 대답을 했다.

"네!"

참으로 의젓한 모습들이었다.

"좋소. 그럼 이제부터 여러분이 치러야 할 시험에 대해 알려주겠소. 시험은 간단하오. 어차피 일신의 무예란 것이 이런 조잡한 시험으로 다 드러나는 것이 아닌 법이니, 우리는 단지 이 시험에서 한 가지만 집중해서 판별하고자 하오."

말을 하던 악호가 천천히 걸음을 옮겨 연무장 가운데 놓여 있던 커다란 사각 바위 앞에 다가가 섰다.

"병장기를 쓰든, 장이나 권을 쓰든 아무 상관없소. 이 바위에 일 촌 이상의 흔적을 남기면 합격, 그러지 못하면 불합격이오. 보다 세밀한 검증시험은 이 시험을 먼저 통과한 자들을 대상으로 차후에 다시 치러질 것이니, 부디 선전을 기원하겠소."

악호가 지원자들을 둘러보며 선전을 기원하는 선의(善意)의 표정을 지었다.

그러나 몇몇 무림인에게 그 표정의 의미는 악호의 의도와는 전혀 다르게 왜곡되어 전해졌을 게 분명했다.

과제가 단순하다 보니 검증 시험은 빠르게 진행되었다.

퍽!

"불합격."

깡!

"불합격."

주로 불꽃과 탄식이 난무하는 가운데 지원자들의 수가 빠르게 줄어들었다.

이번에 지원한 무인들은 그 상태가 그리 좋지는 못했는지 합격자 하나 보기가 힘들었다.

그늘에 앉아 시험 과정을 지켜보던 악호의 눈살이 제대로 찌푸려졌다.

일 차 합격을 했다 해도 이 차에서 떨어져 나갈 것이 십중십(十中十)일 군상이 대부분이었다.

한심스런 수준들이었다.

산중에 은거하는 신비고수까지는 바라지 않더라도 맹에 도움이 될 자들이 와주어야 하는데, 온 천하의 온갖 떨거지가 다 몰려온 것 같았다.

이 더운 날 이런 땡볕에서 뭐하는 짓인가 싶은 생각마저 들었다.

"운경, 검."

설운의 차례가 왔다.

이름과 병종을 호명하는 소리를 듣고 설운이 바위 앞으로 느긋하게 다가갔다.

날씨와 무관한 설운의 얼굴에 심사관의 얼굴이 살짝 굳어졌다.

하지만 그보다 더한 악호에 단련되어서인지 유난스런 반응은 보이지 않았다.

설운이 바위 앞에 섰다.

헐렁한 옷을 한 번 추스르고는 천천히 검을 빼 들었다.

검신이 바위와 수평으로 놓였고, '콕' 하고 검이 바위를 찔렀다.

요란한 기합도, 기를 모으는 번잡함도 없었다.

검이 찌른 깊이는 더도 덜도 아닌 딱 일 촌.

"일 촌. 합격!"

얼굴보다 무위에 놀란 심사관이 감탄 어린 눈으로 설운을 바라보았다.

놀란 것은 다른 이들도 마찬가지였다.

웅성거리는 소리가 곳곳에서 들려왔다.

하지만 놀라거나 말거나 설운은 예의 무표정한 얼굴로 자기 자리로 돌아갔다.

악호의 진지한 고리눈이 그의 뒤를 뒤쫓고 있었다.

*　　　*　　　*

그날 밤, 무림맹 연무장.

한쪽에 놓인 검증용 바위 앞에 한 사내가 서 있었다.

잠시 바위를 보던 사내가 가볍게 손을 내밀어 바위를 쳤다.

퍽.

고요한 연무장에 짧은 타격음이 울렸고, 사내가 허리를 숙여 자신이 두드린 바위를 유심히 살폈다.

"구 푼."

사내가 혼잣말을 중얼거리더니, 다시 전과 같은 행동을 반복했다.

퍽.

소리가 울렸고, 사내가 허리를 숙였다.

"일 촌 이 푼."

뭔가 불만에 찬 목소리가 입술을 비집고 새어 나왔다.

"확실히 어렵군."

허리를 세운 사내가 바위를 한 번 쓰다듬더니, 천천히 팔을 세워 자세를 잡았다.

사내 주변으로 일순 기의 소용돌이가 일어났다.

그리고 다시 내밀어지는 손.

슥.

이전의 타격음과는 다르게 모래가 바스러지는 소리가 나더니, 사내의 주먹이 닿은 바위 면이 가루가 되어 흘러내렸다.

"일 촌……."

사내가 바위에 새겨진 자신의 손자국을 보며 눈빛을 빛냈다.

"누굴까?"

낮에 한 지원자가 보여준 무공은 보이는 것 이상의 대단한 의미를 담고 있는 것이었다.

"장난처럼 가벼이 검을 쓰고도 그런 정확성을 보였다?"

숙소로 돌아가던 악호가 달밤 아래 드러나는 흉포한 얼굴을 악귀상처럼 찡그렸다.

"대단한 자가 나타났군."

악호가 남긴 마지막 말이 빈 연무장을 울리며 떠돌았다.

*   *   *

이틀 후 일 차 합격자들을 대상으로 한 이 차 검증시험이 치러졌다.

시험을 치르기 위해 시험장을 찾았던 설운은 다른 이와 달리 이 차 시험이 생략된 채 어디론가 불려갔다.

인도하는 사람을 따라 몇 개의 전각을 지나 그가 도착한 곳은 비마당(飛馬堂)이란 편액이 붙은 건물이었다.

"어서 오게."

청수한 얼굴의 중년 문사가 설운을 맞아주었다.

"양문교(梁文較)일세."

"운경이오."

설운이 양문교가 권하는 자리에 앉았다.

"우선 소개부터 하지. 먼저 여기는 비마당이란 곳으로 무림맹의 인사(人事)를 담당하는 곳이네."

거짓말이었다.

겉으로 보이는 평범함과 다르게 비마당은 무림맹의 정보 업무를 총괄하는, 무림맹 내에서도 중책을 맡고 있는 핵심 기관 중 한 곳이었다.

이전 허울뿐인 단체로 무림맹이 존재했을 때부터 있어왔던 비마당은, 동방우가 맹주로 등극한 이래 인적, 물적 지원을 확실히 받으며 제대로 된 정보 수집 기관으로서 자리를 잡아가고 있는 중이었다.

"나는 이곳 비마당에서 부당주를 맡고 있는 사람이네. 아무래도 맡고 있는 일이 인사에 관련된 일이다 보니 자네를 이렇게 부르게 되었네."

"특별한 이유라도 있소이까?"

무감정한 시선이 양문교를 향했다.

"이틀 전 일 차 검증시험을 치렀다고 알고 있네."

"그렇소."

"그날 시험을 감독했던 악호 감독관이 자네를 꽤 인상 깊게 보았던 모양일세. 자네가 보여준 한 수가 보통이 넘었던 모양이야. 자네를 특별히 당부를 하더군."

―평범한 자가 아니오이다. 일류, 아니, 어쩌면 그 이상일지도 모르겠소. 뒤를 알아볼 필요가 있소.

일류 이상이라면 절정을 일컫는다.

무림맹을 통틀어도 일류무사는 귀했고, 절정 이상은 무림맹이 아니라 천하무림을 범위로 두고 생각해야 했다.

그런 만큼 악호가 설운의 무공 수위를 그 정도로까지 높게 생각했다는 것은 어찌 보면 이례적인 일이라고도 볼 수 있었다.

물론 설운이 죽이기로 마음먹는다면 이곳 무림맹 안에 있는 사람 모두를 죽이고도 힘이 남아 있을 정도의 고수라는 것은 몰랐겠지만.

어쨌든 대단한 실력의 무인이 맹에 등장했다.

천하는 넓어 천하에 산재한 은거 고수는 바닷가 모래알만큼 많다는 것이 일반적인 말이었지만, 막상 실재로 찾아보면 찾기가 힘들었다.

맹으로서는 호재(好材)였다.

절정이 아니라 일류만 되어도 맹의 전력에 상당한 도움이 되어줄 사람이었다.

하지만 그가 맹에 들어오기 위해서는 중요한 절차 하나가 남아 있었다.

면접, 그리고 뒷조사.

"그래서 자네를 이리로 불렀네. 일종의 면접 같은 것이지."

면접의 목적은 성품이나 자질을 파악하는 데 있지 않았다.

목적은 검증이었다.

믿고 함께 일을 할 수 있는 사람인지 아닌지.

때문에 의심은 당연했다.

절정이 언급되는 대단한 무인이 어느 날 갑자기 하늘에서 뚝 떨어진 것처럼 나타났으니 철저한 검증은 필수였다.

만에 하나라도 이자가 마각이나 흑도맹의 간자라면 맹의 입장에서는 경우에 따라 큰 후환을 입게 될지도 모른다.

꼼꼼한 검증이 요구되는 시점이었다.

"아는지 모르겠지만, 지금 무림맹엔 인재가 급하다네. 물론 제반 문파로부터 지원을 받고는 있지만, 앞으로 우리가 해야 할 일들을 생각해 보면 더욱더 많은 인재가 우리와 함께하길 바라고 있는 형편이지."

양문교는 말을 하면서 설운을 은연중에 살피고 있었다.

설운의 표정이나 말투, 몸짓 등 그냥 지나칠 수 있는 사소한 것들까지 꼼꼼히 살피며 운경이라는 이름을 가진 자의 감춰진 특징을 파악하려 애쓰는 중이었다.

양문교는 무공이 강하지는 않았다.

그러나 사람을 보는 눈만큼은 탁월했다.

타고난 눈썰미에 어려서부터 천하를 떠돌며 체득한 수많은 경험이 그를 사람을 분석하고 파악하는 데 있어 최고의 역량을 가진 이로 만들어주었다.

긴말은 필요 없었다.

짧은 대화 몇 마디면 상대의 어지간한 속내는 환히 들여다볼 수 있었다.

실제로 그동안 그가 적발한 외부 간자만 해도 열 명이 넘었다.

단지 대화 몇 마디 나눈 것만으로 그는 그만한 성과를 올린 것이었다.

"우리가 이렇게 크게 문호를 개방해 사람들을 모으는 것 또한 자네처럼 잘 알려지지 않은 숨어 있는 인재를 발굴해 내려 함이라네."

양문교의 말이 이어졌다.

설운은 양문교의 말에 고개만 끄덕였다.

무표정한 얼굴에 고개만 끄덕이는 그의 모습은 마치 목각 인형처럼 무미건조한 것이었다.

인간미라고는 찾으려야 찾아볼 수가 없었다.

사람이라면 갖게 되어 있는 최소한의 감정조차 설운의 얼굴엔 드러나지 않았다.

'인피면구?'

표정이 없어도 너무 없기에 인피면구라도 썼나 싶어 유심히 살펴보았다.

하지만 그런 흔적은 보이지 않았다.

"비록 자네가 보여준 것은 간단한 일수였지만, 가지고 있는 깊이가 어디로 사라지는 것은 아니지. 그래서 우리는 자네를 특별히 중용하기로 마음을 먹었다네."

양문교는 살짝 당황했다.

태어나 이런 자는 처음이었다.

관찰에서 얻어지는 것이 아무것도 없었다.

태어나 이제까지 만났던 수천, 수만의 사람 중 눈앞의 사내와 같은 이는 단 한 번도 보지 못했다.

"한 가지 절차만 남았네. 문제가 없다면 자네는 무림맹의 일원이 될 것일세."

양문교가 특별히 문제라는 말에 힘을 주었다.

아무리 고도로 훈련을 받은 자라 해도 자신이 감추고자 하는 바가 언급되면 무의식중에라도 어떤 식으로든 반응이 있게 마련이었다.

만약 앞에 앉아 있는 무표정한 사내가 무림맹과 적대하는 곳에서 파견된 간자라면 극히 미세하게라도 뭔가 반응이 있을 터였다.

그러나 설운은 목석이었다.

마치 영혼이 빠져나간 주검처럼, 설운은 그 어떤 사소한 움직임도 없었다.

오직 무(無).

그는 사람이 아니었다.

웃으며 말을 잇는 걸 표정과 달리 양문교는 처음으로 자신의 능력에 회의를 품었다.

벽과 같은 사내였다.

더 이상의 관찰은 심력의 낭비였다.

"듣기에 불편할지도 모르겠지만, 우리 입장에서는 만에 하나라는 가정을 하지 않을 수 없다네. 혹시라도 자네가 마각이나 흑도맹이 파견한 간자라면 우리는 제법 난처한 상황에 놓이게 될 테니 말일세. 해서 자네에 대한 신분 확인 절차가 필요하다네."

끄덕끄덕.

설운은 여전히 고개만 끄덕였다.

참 일관성이 있는 모습이었다.

"몇 가지 사항을 재차 확인하고자 하니 성의껏 답변해 주길 바라네."

"알겠소."

"일단 이름부터."

"운경이오."

"나이는?"

"서른."

"고향은 어디인가?"

"산서(山西) 태원(太原)이오."

"출신 문파는?"

"태원의 검양문(劍陽門)."

"검양문이라면 산서진인(山西眞人)께서 계시는?"

"맞소. 사숙되시오."

"그렇군."

검양문은 산서에서 꽤 유명한 검문(劍門)이었다.

문도 수가 많지 않아 강호에 큰 영향력을 발휘하지는 못했지만, 당금 산서진인을 비롯해 대대로 뛰어난 검수를 배출해 온 태원제일의 유서 깊은 검문이었다.

물론 세상 사람들이 아는 대로라면 말이다.

―신분이 필요할 거예요. 누구도 당신의 정체를 의심하지 않을 확실한 신분 말이에요.

현명한 옥유경과 능력 있는 천룡문은 설운에게 산서 태원 검양문의 제자라는 확실한 신분을 제공해 주었다.

검양문 자체가 천룡문의 태원 분파였으니 설운을 위해 신분을 조작하는 것은 문제될 게 없었다.

"일을 확실히 하기 위해 검양문에 확인 작업이 들어갈 것이네. 신분이 확인되고 별 이상이 없다면 자네는 그날부터 정식으로 무림맹의 일원이 되는 것이네. 부디 함께했으면 좋겠네."

설운의 끄덕거림이 다시 이어졌다.

*　　　　*　　　　*

무림맹이 설운의 신분 확인 작업을 하는 동안, 설운은 무림맹 내에 거처를 얻고 시간을 보내고 있었다.

딱히 할 일이 없으니 설운은 주로 거처에서 시간을 보냈다.

그러다 지루하면 무림맹 내부를 이리저리 돌아다니기도 했다.

가끔 자신을 감시하는 눈길이 있었지만 신경 쓰지 않았다.

있는 줄 뻔히 알면서도 모른 척해줘야 한다는 것이 불편하긴 했지만.

그래도 어쩔 수 없었다.

그것이 고수란 자들의 숙명이니 말이다.

습기 찬 대기로 후텁지근한 바람이 불어왔다.

어지간한 무인이 아니고서는 낮에 활동하는 것이 부담스럽게 느껴질 정도로 무한의 여름 낮은 덥고 길었다.

나무 그늘마다 두서넛의 사람이 더위를 피해 앉아 있었고, 그런 이들과 상관없이 연무장 한쪽에서는 어김없이 검증시험이 일상적인 풍경처럼 치러지고 있었다.

연무장을 지날 때마다 악호의 시선이 따끔거렸다.

신경 쓸 설운이 아니었다.

얼마 뒤 설운의 신분 확인 절차가 마무리되었다.

맹은 일단 그에게 현무당 배속을 명했다.

직위는 아직 미정이었다.

쉽게 자리를 정하기엔 설운의 무공 수위와 나이가 애매한 탓이었다.

그래서 당주를 제외하곤 그에게 명을 내릴 사람은 없었다.

마찬가지로 설운이 명을 내릴 수하도 없었다.

소속은 있되 지위는 없는 애매한 신분은 여름이 끝날 때까지 계속되었다.

제6장

분열(分裂) 그리고 수련(修練)

　무림맹의 기본 편제는 사당(四堂) 체제였다.

　청룡, 백호, 주작, 현무 등 사신(四神)의 이름을 따서 각 당의 명칭을 정했다.

　비마당처럼 기타 당이 몇몇 있긴 했지만, 무림맹 주요 전력은 사실상 이들 사당에 집중되어 있는 형편이었다.

　무림맹 무사는 크게 두 갈래의 출신 유형으로 나누어 볼 수 있었다.

　구대문파와 주요 명문거파를 중심으로 차출되어 온 자들과 무림맹에서 자체적으로 선출한 자들이 바로 그들이었다.

　맹은 그러한 형편을 고려해서 출신 유형으로 일단 당의 배속을 결정했다.

주요 문파에서 차출되어 온 이들을 청룡과 백호당으로, 그리고 직접 뽑은 자들을 주작과 현무당으로 배속했다.

맹의 화합을 위해서는 출신 성분과 관계없이 무사들을 여러 당에 골고루 배속하는 것이 맞았겠지만, 새로 생기다시피한 현재 무림맹의 여건을 고려해 보았을 때는 오히려 익숙한 이들을 함께 배속하는 것이 더 낫겠다는 판단 때문이었다.

그러다 보니 각 당의 전력은 자연스럽게 차이가 났다.

주요 문파 출신들로 이루어진 청룡과 백호당이 아무래도 전력상 우위에 서 있었고, 주작과 현무당은 한둘 뛰어난 고수를 제외하면 그 전력은 그리 높지 못한 게 사실이었다.

그러한 전력의 우위는 실제 생활의 차이로 이어졌다.

출신도 출신인데다가 가진 무력까지 높다 보니, 아무래도 청룡과 백호당의 무사들이 주작이나 현무당 무사들보다는 상대적으로 더 나은 대접과 지위를 부여받았다.

그리고 그러한 현실은 드러나지 않는 파벌로 이어졌으니, 주작과 현무당 무사들이 느끼는 상대적 열등감이나 박탈감은 결코 적지 않았다.

하지만 그럼에도 불구하고 주작과 현무당 무사들의 자존감은 높았다.

이름 없는 작은 무관이나 변두리 문파 출신이 대부분인 그들로서는, 무림맹이라는 거대 단체의 일원으로 지낼 수 있다는 것이 무엇보다도 큰 영예였던 것이었다.

*   *   *

현무당 무사들의 하루 일과는 단순했다.

일어나서 수련하고, 식사하고 수련하고, 잠시 쉬었다 수련하고, 다시 식사하고 수련하고…….

식사나 잠, 기타 필수 용무를 위한 시간을 제외한 나머지 시간 대부분을 무공을 수련하는 데 써야 했다.

무사란 직업이 원래 그렇듯이, 이들 또한 맹에 특별한 일이 있거나 혹은 그들에게 할당된 임무가 떨어지기 전까지는 이렇게 자기 수련으로 하루하루를 보내야 하는 것이었다.

설운은 예외였다.

시키는 사람도, 하고픈 마음도 없었다.

실력을 갖춘 고수라는 것이 설운에 대한 일반적 평이었으니 누가 그에게 수련을 강요할 수 없었고, 육신의 움직임을 넘어 명상을 통한 심득의 경지까지도 넘어버린 그에게 수련은 어떤 다른 의미를 갖기 어려웠다.

맴맴매에에에.

늦여름 매미 소리가 요란한 연무장.

뙤약볕의 따가움도 아랑곳하지 않고 많은 무인이 수련에 여념이 없었다.

검(劍), 도(刀), 장(掌), 지(指), 권(拳).

연무하는 무공은 다 달라도 땀 흘리며 열심히 노력하는 모습은 다들 한 가지였다.

"하압!"

"으랏!"

기합은 컸다.

굳게 다문 입술로 심혈을 기울려 한 초식, 한 초식을 연마해 가며 조금이라도 자신들의 무공 수준을 높이려 애쓰는 모습은 참으로 보기 좋은 광경이었다.

"키킥."

"저게 뭐냐?"

물론 다 그렇게 받아들이는 것은 아니었지만.

나무 그늘에 앉아 쉬고 있던 설운의 귀로 청의를 입은 무사 둘이 현무당 무사들을 비웃는 소리가 들렸다.

옷을 보아 청룡당 무사가 분명했다.

"그래도 노력은 가상하네."

"그러게 말이야. 큭큭."

청의 무사 둘이 연무장을 바라보면서 지나갔다.

언뜻 봐도 안정된 걸음걸이가 명문정파의 제자들처럼 보였다.

그런 그들의 눈에 현무당 무사들의 수련하는 모습이 눈에 찰 리가 없었다.

그래도 그들의 비웃음은 과했다.

출신은 달라도 모두가 다 같은 무림맹 무사다.

서로를 위해 목숨을 거는 것까지는 못 되어도 최소한 동료를 비웃어서는 안 된다.

'개판이군.'

설운이 떠나가는 청의 무사들의 등을 보았다.

'하지만 참 좋아.'

설운이 알 수 없는 미소를 짓고는 다시 그늘 아래 눈을 감고 누웠다.

그는 당금의 무림맹이 참 마음에 들었다.

확립되지 않은 체계에 중구난방하는 무사들까지, 그 모든 게 딱 마음에 들었다.

눈을 감은 설운의 얼굴엔 만족감이 가득했다.

*　　　*　　　*

오합지졸과 분열.

무림맹의 현재를 정의하는 말이었다.

무림맹의 무사 수는 일천이다.

반이 차출 무사요, 반이 선출 무사였다.

차출 무사들은 선출 무사를 무시했다.

이유는 출신과 실력.

분열의 근본 원인이었다.

그렇다고 차출 무사들은 상태가 좀 나은가 하면 또 그게 그렇지 못했다.

명문정파 출신들이니 실력은 그래도 나은 편이었다.

하지만 그들에겐 또 다른 문제가 있었다.

낙담과 의욕 상실.

오백 무사 대부분이 갖고 있는 문제였다.

동방우가 각 문파에 무사를 요구했을 때, 각 문파는 의무적으로 제자들을 차출시켜 보냈다.

무림 정의라는 명분이 있었기에 각 문파는 기꺼이 제자들을 보내주었다.

하지만 그 이면의 과정은 조금 달랐다.

천하 이전에 자기 문파의 안위를 먼저 생각하는 무림의 생리상, 각 문파가 그들의 가장 뛰어난 제자들을 무림맹에 보낼 리가 없었다.

이렇게 빼고, 저렇게 빼고.

조금이라도 나은 부분이 있는 제자들은 하나같이 차출 대상에서 제외되었다.

그러다 보니 차출된 제자들은 누가 봐도 그 문파 내에서 제대로 인정받지 못하던 제자들뿐이었다.

결국 뽑힌 제자들은 각 문파에서 버려진 존재라는 인식이 강하게 박혀 버렸다.

자신들의 처지에 낙담했고, 의욕은 상실되었다.

책임감?

없었다.

자부심?

오히려 사라졌다.

그런 제자들의 심정이 좋을 리 없었다.

자조(自嘲)와 냉소(冷笑)가 몸에 배어버렸다.

저녁이면 술을 마시며 스스로를 책망했고, 낮이 되면 약한 자를 놀리며 주변을 비웃었다.

알게 모르게 형성되던 이런 분위기는 걷잡을 수 없이 확산되었고, 이제는 무림맹의 드러나지 않은 가장 큰 문젯거리가 되어버렸다.

*　　　　*　　　　*

"뭐라 하셨… 소?"

현무당주 위엄(偉閹)이 아침부터 자신을 찾아온 손님을 맞았다.

자신의 수하지만 수하라 보기 어려운 사람이라 말할 때마다 말투를 고민하게 됐다.

무면자(無面子) 운경.

그는 처음 무림맹에 들어오던 날부터 사람들의 이목을 끌어모았다.

검증시험에서 그가 보여준 한 수의 검예는 무림맹에 적지 않은 파란을 일으켰다.

혹자는 한 번의 칼질로 그를 너무 과하게 치켜세운다며 그를 대수롭지 않게 여기기도 했지만, 밤마다 검증시험장의 사각 바위를 향했다가 고개를 저으며 물러서는 많은 무림맹 고수의 이야기는 비밀 아닌 비밀로 널리 퍼져 있었다.

사람들이 하도 밤마다 칼질을 해대서 시험용 바위를 바꿔야만 했다는 얘기는 이제 전설이 되어 시험장을 떠돌고 있었다.

위염 또한 몰래 사각 바위에 간 적이 있었다.

그가 했다는 것처럼 검으로 바위를 찔렀고, 서너 번 칼질 끝에 그 역시 고개를 숙이고 돌아서야 했었다.

검으로 가볍게 바위를 찌르는 것도 쉽지 않았을뿐더러, 정확히 일 촌의 깊이를 맞추는 것은 거의 불가능에 가까웠다.

물론 다른 이들처럼 내기를 운용해 제대로 검을 내지르면 정확히 일 촌의 깊이를 맞추는 데는 문제가 없었다.

하지만 그가 보였던 검예에는 못 미침이 사실이었다.

"내가 무사들을 가르치겠다고 했소."

서늘한 눈빛에 어울리는 차가운 목소리가 괜히 주눅을 들게 했다.

"이유가 무엇인지?"

"별다른 이유는 없소. 굳이 있다면, 당원들이 너무 약해 보여서라고 할까?"

"그렇다고 굳이 직접 나설 필요는……."

"문제가 되오?"

"아니, 그런 건 아니지만."

"그럼 그렇게 하는 걸로 하겠소."

사내가 꾸벅 절을 하고는 방을 나갔다.

"하아, 참 나."

위염이 고개를 설레설레 저었다.

굳이 나서겠다는 데야 만류할 이유는 없었지만, 그래도 자꾸만 끌려가는 듯한 인상이 들어 마음이 불편했다.

"아, 또 속이 쓰리네."

은근히 신경이 예민한 탓에 자주 속이 틀어지던 위염이 책상 주변을 뒤지며 의원이 지어준 약을 찾았다.

아니, 그보다는 먼저 뒷간을 가는 게 우선일 듯싶었다.

*　　　*　　　*

무림맹을 손에 넣기 위해 무엇이 필요할까?

스스로의 질문에 우선 떠오른 답이 사람이었다.

천하를 덮을 무공을 지녔어도 지금의 상황에서는 그것만이 능사는 아니었다.

다 죽이기로 작정을 하면 모르되, 가지려고 마음먹은 이상 무공만으로 무림맹을 얻을 수는 없었다.

사람이 필요했다.

나를 따르고, 또한 그들을 믿을 수 있는 사람.

사람은 모여 세력이 된다.

그것은 또 다른 힘이다.

죽이던 지난날의 삶과 달리 품고 가져야 하는 지금의 삶에서 따르고 지지하는 사람의 수는 곧 힘이 되어 바라는 앞날을 열어줄 것이었다.

그런 의미에서 현무당은 설운의 구미에 딱 맞는 곳이었다.

약하나 의지할 곳 없고, 무시받으나 해소할 상대가 없는 저들은, 설운에게 하나의 세력이 되어 자신의 뒤를 받쳐줄 것이었다.

품으려면 먼저 베풀어야 한다.

저들은 무인이다.

무인에게 가장 중요한 것이 무엇일까?

누구나 다 아는 그 해답을 설운 또한 모르지 않았다.

주고, 받는다.

무림맹을 향한 설운의 행보는 현무당의 무사들을 품에 품는 것부터 시작되었다.

아침 일찍부터 현무당 연무장은 사람들로 북적였다.

아직 수련 시간이 아니었음에도 이백의 현무당 무사는 한 사람도 빠짐없이 연무장에 도열해 있었다.

소문이 돌았다.

무면자 운경이 직접 현무당 무사들을 지도할 것이라는 소문.

기대와 설렘이 가득한 사백 개의 눈동자가 설운의 거처로 나 있는 길을 향해 쏠려 있었다.

변변한 스승 없이, 순전히 개인적 자질과 노력으로 여기까지 오게 된 그들이었다.

만약 명문정파의 제자였다면, 뛰어난 능력을 가진 스승을 만났었다면, 아마 그들 중 상당수는 이 자리가 아닌 다른 곳에 서 있을지도 몰랐다.

반드시 자질이 모자라 삼류무사로 살게 된 것은 아니었으니 말이다.

그래서 현무당 무사들의 기대는 컸다.

앞으로 어떤 일이 벌어질지 알 수는 없었지만, 그리고 이미 새롭게 뭔가를 이루어가기엔 늦은 감도 있었지만, 최소한 지금보다는 나아질 것이라는 기대와 희망이 그들 각 개인의 가슴에 자리하고 있었다.

"온다."

누군가 설운이 오는 것을 보았다.

소리는 전염병처럼 퍼져 이백의 무사에게로 전달되었다.

무림맹에 들어온 것만으로도 충분히 지난날을 보상받았던 그들은 이제 또 다른 희망을 향해 달려갈 준비를 하고 있었다.

다가오는 설운은 그런 그들에게 하늘에서 내려진 생명의 동아줄이나 다름없었다.

'재밌군.'

연무장을 향해 걸어가던 설운이 희미하게 웃었다.

눈앞에 처음 보이는 풍경에 흥미를 가진 것이었다.

'꿈틀거릴 준비는 되어 있었단 말이지?'

이백.

현무당 무사가 한 사람도 빠짐없이 일찍 연무장에 나와 자신을 기다리고 있다는 사실에 설운은 재미를 느꼈다.

'이거 생각을 바꿔야겠는 걸?'

원래 설운의 의도는 저들 모두를 가르치는 것이 아니었다.

물론 전체를 대상으로 한 수련도 있었다.

하지만 그러면 늦다.

이백 무사 모두가 실력이 향상되는 것도 좋지만, 지금은 가능성 있는 몇몇 무사를 우선적으로 키우는 게 나았다.

언젠가 저들 이백 무사 전부가 지금보다 훨씬 나은 모습으로 자기 앞에 서게 되겠지만 그것은 먼 훗날 여유가 생겼을 때의 일이라고 생각했다.

이미 점찍어둔 이들도 있었다.

현무당 무사들이 수련을 할 때, 설운은 나무 그늘 아래에서 그저 놀고 있었던 게 아니었다.

사람들을 유심히 살폈고, 발전 가능성이 큰 몇몇 인물을 판별해 두었다.

그런데 생각을 바꿔야 할 것 같았다.

누구라 할 것 없이 자신을 바라보며 기대에 찬 눈빛을 보내는 사람들을 보며 설운은 원래 생각을 이어갈 수 없었다.

아무래도 준비했던 방식에 변화를 주어야 할 모양이었다.

설운이 사람들 앞에 섰다.

사람들은 설운의 얼굴에 모두 주목하고 있었다.

표정 없는 차가운 얼굴에 무면인이란 별호를 얻게 되었지만, 이 순간 설운의 얼굴은 차가워 보이지 않았다.

설운이 웃었다.

입꼬리만 살짝 말려 올라가는 냉막한 모습이었지만, 사람들은 설운이 밝게 웃고 있다고 생각했다.

설운이 잠시 사람들을 둘러보다 말을 꺼냈다.

차갑지만 든든한 목소리였다.

"수련은 쉽지 않을 것이오. 마음의 준비는 되어 있소?"

"네!"

쩌렁쩌렁한 사내들의 목소리가 온 연무장을 진동시켰다.

"그 무엇이든 내가 시키는 대로 따라줄 용의가 있소?"

"네!"

앞선 대답의 잔향이 채 사라지기도 전에 크고 강렬한 사내들의 목소리가 터져 나왔다.

"좋소. 한번 해봅시다."

"와아아아아!"

사내들의 기대가 함성이 되었다.

누구는 크게, 누구는 작게, 저마다 가진 기대와 포부의 양은 다 달랐지만 이 순간 그들이 품고 있는 희망은 다 한 가지였다.

"수련에 앞서 한 가지 일러둘 말이 있소."

설운이 함성이 잦아지길 기다렸다가 입을 열었다.

"지금 이 순간 이후로 현무당 당원 외 사람의 연무장 출입을 금하오. 만약 내 말을 어겼다 발각됐을 시엔 그에 상응하는 대가를 치러야 할 것이오."

설운이 연무장 주위를 빙 둘러 보았다.

모습을 드러낸 채 서 있던 사람, 혹은 모습을 감추고 숨어 있던 사람 모두와 하나하나 눈을 맞추었다.

"명심하시오."

얼음장 같은 차가운 목소리가 그들의 귀에 날아가 꽂혔다.

"지금부터요."

설운의 주변으로 무형의 기세가 피어올랐다.

누가 봐도 느낄 수 있는 명백한 살기였다.

연무장에 서 있던 이백 무사는 물론 연무장 주변에 와 있던 다른 무사들까지 온몸에 소름이 돋는 것을 느껴야 했다.

연무장 주변이 삽시간에 조용해졌고, 바삐 걸음을 옮기는 기척이 전해졌다.

이제 남은 것은 오직 이백의 현무당 무사뿐, 그 외 남은 이는 아무도 없었다.

수련에 앞서 설운은 이백 현무당 무사를 십 인 이십 개 조로 나누었다.

원래 이십 인 열 개 조로 편성되어 있던 현무당 편제와는 별개의 일이었다.

각 조 조장은 설운이 미리 점찍어 두었던 자들로 선임했다.

개중엔 기존의 조장들도 있었지만, 대부분은 새로이 선임된 자였다.

일부 불만스런 목소리도 있었지만 이내 사그라졌다.

조장이라는 명패도 중요했지만, 설운으로부터 받게 될 무공 수련은 조장이라는 직함보다도 더 중요했기 때문이었다.

새로운 편제는 차후로도 계속될 것이었다.

그리고 그 편제 아래 이백 무사는 진정한 설운의 사람으로 거듭나게 될 것이었다.

*   *   *

하소아(河少兒)는 이 조 조장이었다.

열일곱. 아직 청년보다는 소년의 티가 더 역력한 앳된 얼굴의 하소아는 제일 먼저 설운의 눈에 띈 현무당 당원이었다.

복건을 고향으로 둔 이 소년은, 예전 고향에서 점소이 생활을 할 때 동네 조그만 무관에서 호신용으로 배워둔 몇 가지 검초가 가진 것의 전부인 삼류검수였다.

하소아는 무림맹의 일 차, 이 차, 삼 차 검증을 정말 힘들게 가까스로 통과했다.

하여 당연한 결과로 현무당에 배속되었다.

―본디 너의 무공은 검증시험을 통과할 정도는 못 된다. 그러나 군더더기 없이 깔끔하게 시전된 너의 검초는 지금보다는 앞을 기대하게 만듦이 있다.

하소아가 삼 차 검증을 치를 때 그를 심사했던 한 심사관이 푸근한 인상으로 그에게 이른 말이었다.

운이 좋았다.

만약 그날 그 심사관이 다른 심사관이었다면 아무리 수준 낮은 시험이었다고 해도 하소아는 떨어졌다.

만약 심사관이 전날 과음을 하지 않았다면, 만약 그가 놀러 간 주루에서 잊지 못할 화끈한 밤을 보내지 않았었다면 하소아는 시험에 떨어졌을 게 분명했다.

술기가 남은 상황에서 지난밤의 홍을 곱씹던 심사관이 평소에 없던 관용을 베풀었기에 가능한 일이었다.

어쨌든 하소아는 현무당 무사가 되었다.

그리고 검증시험 때 작용했던 두 번 없을 천운은 아직 효력이 다하지 않았다.

설운, 천화경을 넘어서는 무림 절대고수가 그를 눈여겨보고 있었으니 말이다.

"느껴지느냐?"

"네."

설운은 하소아의 등에 손을 댄 채 진기를 이끌었다.

손은 움직여 등을 타고 목을 지나 정수리로 올라왔다.

"느꼈느냐?"

"네."

다시 손은 이마를 거쳐 가슴으로 내려왔고, 그때마다 하소아의 몸 안에 있던 미약한 진기가 인도하는 설운의 손을 따라 경맥을 타고 흘렀다.

"해보아라."

설운이 하소아의 몸에서 손을 떼고 운기를 지시했다.

눈을 반쯤 감은 채 하소아는 운기행공에 접어들었다.

사람들은 잘 몰랐지만 설운은 일종의 걸어 다니는 무공 비고였다.

어릴 적 사부를 따라 혈령동에 들었을 때, 설운은 그 안에서 수많은 무공비서를 접할 수 있었다.

마신궁의 무학은 물론 정파, 사파, 널리 세외의 무공까지, 그가 그 안에서 독파한 무공서적의 수는 실로 엄청난 것이었다.

설운은 그때 읽었던 많은 무공서를 기억하고 있었다.

그리고 그중 쓸 만한 것 몇 가지를 추려 새로운 무공서를 만들었다.

그중 하나가 방금 전 하소아에게 일러준 내공심법이었다.

물론 하소아에게만 일러주진 않았다.

현무당 연무장엔 이백 무사가 가부좌를 틀고 앉아 있었다.

모두가 설운이 일러준 내공심법을 운용하고 있는 중이었다.

설운은 친절히 그들의 운기를 도와주었다.

직접 진기를 도인해 내기가 움직여야 하는 경로를 상세하게 일러주었다.

시간이 꽤 걸렸지만 그만한 가치가 있는 일이었다.

삼류와 이류, 이류와 일류를 가르는 결정적인 차이는 내공에서 비롯되었다.

명문정파가 그들의 명성을 유지할 수 있던 근본적 이유도 그들이 가지고 있는 독특한 내공심법 때문이었으니, 지금 연무장에 앉아 내공심법을 운용하고 있는 이백 무사는 이미 그것만으로도 엄청난 기연을 얻은 것이나 진배없었다.

심법 구결을 익히는 데 며칠, 그리고 실제 운용하는 법을 가르치는 데 다시 며칠의 시간이 더 걸렸다.

그동안 설운의 가르침을 바로 습득하는 자들도 있었고, 아직도 갈 길을 몰라 헤매는 자들도 있었다.

하지만 경중의 차이는 있어도 그들 모두 조금씩 앞을 향해 발전하고 있다는 사실엔 의심의 여지가 없었다.

특히 하소아를 비롯한 몇몇 무사의 성취는 놀라웠다.

제대로 된 연을 만나지 못해 죽어가던 재능들이 설운의 인도 아래 하나둘 꽃을 피워가고 있는 것이었다.

설운이 운공 삼매경에 빠진 하소아를 가만히 지켜보았다.

가진 것이 워낙 적어 아직 티가 나진 않지만, 머지않아 그의 내공은 폭발적으로 증가할 것이었다.

그때가 되면, 그는 누구도 부럽지 않은 당당한 한 사람의 무인이 되어 설운의 뒤에 서게 될 것이다.

설운이 시선을 돌려 다른 자들을 둘러보았다.

하소아와 같은 자가 적게 잡아도 서른이 넘는다.

'그야말로 사람의 보고(寶庫)로군.'

설운이 만족스런 미소를 머금었다.

예전 자신이 이끌었던 혈령대만큼은 못 되어도 충분한 전력은 될 것이라 생각했다.

남은 것은 오직 시간.

설운에게 부족한 것은 오직 그것뿐이었다.

　　　　*　　　　*　　　　*

"계속 무공 지도만 하고 있다고?"

"네, 부당주."

"참 희한한 인물이야."

양문교가 수하의 보고를 받고는 헛웃음을 터뜨렸다.

무림맹이라는 단체 입장에서 보면 좋은 일이었다.

어쨌든 맹의 전력이 그만큼 상승하는 것이니까.

하지만 어디에서도 이런 경우를 들어본 적이 없었다.

사문의 제자도 아닌 직업상의 동료들에게 무공을 전수한
다?

"아무튼 생긴 만큼 특이한 자로군."

양문교가 고개를 저으며 너털웃음을 지었다.

운경이란 인물은 정말 특이했다.

외모도 그렇고, 하는 짓도 그렇고, 일반적 상식이란 범주와
는 너무도 동떨어진 인물이었다.

보통 저 정도 능력이라면 붙는 자가 많았다.

무림에서 가장 중요한 것이 힘이고, 저자는 그 힘이 엄청나
다.

그 스스로, 아니면 또 다른 누군가가 그를 회유해 그 힘을
이용하려 할 게 분명했다.

인간이 왜 인간인가?

힘이 없다면 모르되 있다면 쓰고 싶은 게 인간 아닌가?

누구는 없는 힘도 만들어 쓰는데 저 인간은 있는 힘도 쓰지 않았다.

권력, 명예.

얼마나 욕심나나?

맹의 힘 있는 사람 한둘 모아 파당을 꾸리고, 그것을 바탕으로 목소리를 높이고, 그러다 보면 자연스레 지위가 오를 것이고, 다시 그 지위를 이용해 세를 불리고.

양문교는 자신이 만약 저 입장이라면 당연히 그리 행동할 것이라고 생각했다.

'현무당 무사 이백.'

양문교는 고개를 저었다.

제아무리 고수가 키운다 해도 근본의 한계가 있는 자들이었다.

'쟤들 키울 시간에 사람 하나 더 만나는 것이 낫지.'

사람마다 가치관이 다르다곤 하지만, 한편으로는 저런 운경의 행보에 답답함도 있었다.

"그 외 특별한 일은 없고?"

혹시나 싶어 물었다.

"자세히는 모르나 그런 줄로 압니다."

답은 똑같았다.

"알았어. 알겠고. 거 방법 좀 생각해 봐라. 아무리 그자가 고수고, 훔쳐보다 들키면 가만 안 두겠다고 했다지만, 그렇다고 이렇게 두 손 놓고 들리는 풍문만 의지해서야 되겠어? 그래도 명색이 무림맹 비마당인데."

"그게 그자의 무공이 워낙에……."

"됐다."

양문교가 뻔한 수하의 변명을 단칼에 잘랐다.

들으나마나 뻔한 얘기였다.

"나가 봐."

양문교가 손을 저어 수하를 내보냈다.

사람은 많지만 믿고 일을 맡길 만한 능력 있는 자들은 모자랐다.

'답답하네.'

몸 사리는 수하의 심정이 한편으로는 이해가 가기도 했다.

처음 아무 생각 없이 평소 하던 대로 감시원을 보냈다가 수하 하나가 거의 시체가 되어 돌아온 적이 있었다.

'경고를 어긴 죄'라는 팻말 하나를 목에 걸고서.

죽진 않았지만 몇 달의 요양을 필요로 할 정도로 큰 부상을 입었었다.

그날 이후 수하를 보내기가 껄끄러워졌다.

비마당의 임무 때문에 내부 감찰을 안 할 수는 없었지만, 저런 정도의 고수의 이목을 피해 상대를 감시한다는 것은 실제로 매우 어려운 일이었다.

그렇다고 그자를 대놓고 욕할 수도 없었다.

바보가 아닌 이상 누가 드러내고 감찰을 한단 말인가?

그러다 보니 현무당 내부에서 흘러나오는 풍문에 의지하는 것 외엔 다른 도리가 없었다.

답답해도 참을 수밖에.

'답답해.'

양문교가 또 한 번 고개를 절레절레 흔들었다.

제7장

홍계(紅季)

　계절은 바뀌어 가을이 되었다.

　그동안 무림맹의 증원은 꾸준히 이루어져 현무당의 인원
도 이백오십 명이 되었다.

　수련은 계속 이어졌다.

　방법은 전과 같았다.

　설운이 무공을 일러주고, 한 명 한 명 개인적으로 붙어 제
대로 된 성취를 이끌어냈다.

　전체적인 수준은 많이 향상되었다.

　워낙에 이룬 것이 적었던 자들이다 보니, 삼사 개월의 길지
않은 수련이었지만 장족의 발전을 이룰 수 있었다.

개중 몇몇 자질이 좋던 자는 이류를 넘어 일류에 근접하는 경지에까지 오르기도 했다.

모두가 다 설운의 노력 덕분이었다.

설운은 지난 몇 달 동안 거의 쉬지를 않았다.

잠은 거의 자지 않은 채 밤낮으로 무사들의 지도에 모든 시간을 다 바쳤다.

지도는 철저하게 일대일로 이루어졌다.

아침에도, 낮에도, 밤에도.

심지어 밤잠이 덜한 자들은 새벽에도 설운의 가르침을 받고 있었다.

설운의 지도는 어렵지 않았다.

이미 그가 무의 극을 보고 있었기에 긴말보다는 필요한 부분을 바로 짚어주는 방식으로 지도가 진행되었다.

당연히 실력은 늘 수밖에 없었다.

조금만 잘못되어도 짚어주고 교정해 주고. 약간만 몰라도 확실히 이해를 시켜주니 어지간한 바보가 아니라면 실력이 늘지 않으려야 않을 수가 없었다.

일류 이상의 성취는 개인의 역량이 크게 좌우했다.

그때부터는 설운이 이끌어주고 싶어도 일정 부분 한계가 존재할 수밖에 없었다.

그러나 삼류가 일류 초입에까지 이르는 길은 그리 어려운 길이 아니었다.

힘들어도 성공의 열매는 달다.

이미 지난 시간 동안 성취의 단맛을 제대로 맛본 현무당 무사들은 더욱 자신을 조이며 무력 상승에 전력을 기울이고 있었다.

이 년, 아니, 일 년의 시간만 더 주어진다면 저들은 무림맹 제일의 무력 집단이 될 것이었다.

명문거파 제자들이 모인 청룡당이나 백호당을 능가하는 최강 무사 집단으로 거듭날 것이 분명했다.

"소식 들으셨소?"

연무장 한쪽에서 무사들을 보고 있던 설운에게 당주 위염이 찾아왔다.

설운의 눈이 계속 말을 이르라는 눈빛을 보였다.

말도 없이 자신을 대하는 것에 잠깐 속이 쓰려왔지만, 이제는 그러려니 하고 넘어가게 되었다.

위염은 알고 있었다.

눈앞의 이 싸가지 없는 녀석이 당초 자신이 예상했던 것보다 몇 배는 더 강한 인물이란 것을.

비록 지위는 자신이 높지만, 그것도 머잖아 변화가 생길지도 모른다는 것을.

"조만간 전쟁이 벌어질지도 모른다는 얘기가 돌고 있소."

"전쟁?"

설운의 눈에 호기심이 감돌았다.

"그렇소. 이건 맹주전에서 흘러나온 얘긴데 아마 올해가 가기 전 큰 전쟁이 벌어질 거란 소식이오."

위염은 설운의 정보처였다.

소심한 성격답지 않게 위염은 맹 내에 발이 넓었다.

처신이 좋고 인맥이 두터웠다.

자신의 앞날을 위해 적절한 곳에 많은 투자를 해놓은 사람이었다.

이제 그는 그 인맥을 설운 위해 쓰고 있었다.

물론 자신을 위한 것이 주된 이유였다.

눈치 빠른 그의 판단에 설운은 언젠가 맹에서 중요한 요직을 담당할 사람이었다.

그의 무공이 그렇고, 그가 이룬 것이 그랬다.

위염이 잠깐 연무장으로 눈을 돌렸다.

"하압!"

우렁찬 기합성과 함께 이백이 넘는 무사가 수련에 여념이 없는 모습이 보였다.

슬쩍 훑어봐도 달라진 게 눈에 보였다.

마치 구걸 나온 거지처럼 없어 보이던 자들이 제법 용맹한 기세를 내뿜으며 몸을 단련하고 있었다.

저 모든 게 이자의 작품이었다.

당장 어디에 내놓아도 손색없는 무사 집단이 눈앞의 이자에 의해 만들어진 것이었다.

위염에게 운경이란 자는 반드시 함께 가야 할 동반자였다.

현무당을 위해, 정확히는 자신을 위해.

"마각이오?"

"그렇소."

설운의 말에 위염이 고개를 끄덕였다.

"아직 이른데……."

설운이 연무장을 보며 혼잣말을 했다.

그의 말처럼 아직 일렀다.

비록 현무당 무사들의 성취가 괄목상대할 만한 것이라고 해도, 아직 그가 원했던 수준까지는 많이 남아 있었다.

"정확히 언제쯤일지 아는 바가 있소?"

위염이 고개를 저었다.

"올해 안이라는 말만 들었소."

"부족해……."

설운이 다시금 혼잣말을 했다.

원칙적으로 현무당은 무림맹 소속이나 설운에게 현무당은 개인적 세력이나 다름없었다.

무림맹 좋자고 지금껏 단련해 온 무사들이 아니었다.

'대책을 세워야겠군.'

앞을 위한 대비책이 필요했다.

그날 밤. 설운은 자신의 처소로 당원 세 명을 불렀다.

하소아와 상백(象栢), 연학(蓮鶴)이 그들이었다.

이백오십의 현무당 무사 중 가장 뛰어난 성취를 이룬 것이 그들 셋이었다.

또한 가장 발전 가능성이 높은 것도 그들이었다.

나이는 상백이 가장 많아 스물이었으니, 실로 앞날이 창창한 청년들이라 할 수 있었다.

셋에게 설운은 특별한 존재였다.

정식으로 시제지연을 맺진 않았지만 사부나 다름없었고 존경하는 위인이었다.

그것은 단지 그들에게 무공을 가르쳐 주었기 때문만은 아니었다.

설운이 보여준 정성과 노력은 셋 모두에게 깊은 감명으로 남아 있었다.

그래서 그들은 설운을 위해 무엇이든 할 준비가 되어 있었다.

그가 시키는 것은 무엇이든 따를 것이었다.

이 밤. 이전과 다르게 은밀히 그들을 부르는 것에서 세 청년은 긴장을 하고 있었다.

무슨 말을 할지는 몰랐지만 그것이 결코 평범한 일이 아닐 것임은 잘 알고 있었다.

어쨌든 따를 생각이었다.

설사 불구덩이 속을 들어가래도 들어갈 마음이 있었다.

그동안 설운이 보여준 마음을 생각하면 못하는 것이 오히려 더 이상할 지경이었다.

서로 눈빛을 교환하며 셋은 마음을 진중하게 다잡았다.

남은 것은 그가 이를 말뿐이었다.

"네?"

셋은 똑같이 반문을 하며 설운을 쳐다보았다.

"못 하겠느냐?"

"아닙니다. 아니, 할 수 있습니다."

세 청년은 설운이 내미는 책자를 받아 들고는 소중히 품 안에 갈무리했다.

설운은 세 청년에게 새로운 무공을 하사했다.

각자의 자질과 특성에 맞게 곰곰히 편수한 그 책자들은 세 청년의 무공 수준을 확실히 높여줄 것이 분명했다.

"각각 너희의 특성과 자질에 맞게 만든 것이니, 익힘에 큰 문제는 없을 것이다. 다만 기존에 내가 가르쳐 주었던 무공보다는 훨씬 난해하고 어려울 것이니, 각별히 익힘에 최선을 다해야 할 것이다."

"알겠습니다."

"그리고."

설운이 다시 품 안에서 뭔가를 꺼내 들었다.

금박에 싸여 있는 환단이었다.

세 청년은 설운이 내미는 것을 호기심 어린 눈으로 받아 쥐었다.

그러나 누구도 그것이 무엇인지 묻는 이는 없었다.

"지금 바로 복용해라."

설운의 말에 세 청년이 환단의 금박을 벗겼다.

금박을 벗기자마자 청아한 향이 물씬 풍겨 나왔다.

아무리 봐도 예사 물건이 아니었다.

세 청년이 환단을 입에 넣었다.

그러자 설운이 한 명씩 불러 명문에 진기를 불어넣어 주었다.

"심법을 운용하거라."

설운의 말에 세 청년은 각각 가부좌를 틀고 운기행공을 시작했다.

얼마 후 세 청년은 운기 삼매경에 빠져들었다.

─챙겨 가요.

떠나던 날. 옥유경이 설운에게 작은 상자 하나를 내밀었다.

그 안엔 엄지 손톱만 한 환단 다섯 개가 들어 있었다.

천룡문 비전 환단이라 했다.

만에 하나 혹시라도 있을지 모를 불상사를 대비해 챙겨두라는 것이었다.

괜찮다고 물렸지만 옥유경은 막무가내였다.

지난 서안에서 설운이 겪었던 일을 누구보다 잘 알고 있었기에 불안한 마음을 애써 감추지 못했다.

─정히 쓸 일이 없으면 선물로 줘요.

사람이 필요한 것을 잘 아는 옥유경이 또 다른 용도를 일러주었다.

일반인이라면 무병장수에 도움이 될 것이고, 무림인이라면 환단 하나당 거의 일 갑자에 육박하는 내공을 얻을 수 있을 것이라 했다.

설운이 세 청년에게 준 것이 바로 그 환단이었다.

무에 대한 이해는 뛰어났지만 내공이 부족해서 원하는 만큼 초식을 펼치지 못하던 세 청년은 이제 원없이 그들이 익힌 무공을 십분 발휘하게 될 것이었다.

'일단 이 세 명부터 시작하자.'

위염의 말처럼 전쟁이 일어난다면 누구보다 큰 피해를 입을 게 현무당 무사들이었다.

시간이 더 있었다면 모르되 아직은 부족한 것이 많은 자들이었다.

하나라도 더 키워 자신의 세력으로 만들려고 했던 설운의 입장에서 다가올 전쟁은 반가울 것이 전혀 없었다.

눈에 띄지 않게 최대한 살려야 했다.

그러려면 가장 좋은 방법이 조력자를 두는 것이었다.

무림맹 수천 무사 중 설운의 조력자는 없다 해도 무방했다.

결론은 한 가지. 스스로 키워내는 수밖에.

설운은 운기행공에 빠져 있는 세 청년을 바라보았다.

제자는 아니나 제자 같은 청년들. 저들이 설운이 원하는 만큼 힘을 갖게 되고, 설운이 원하는 만큼 힘이 되어준다면 설운에겐 큰 도움이 될 것이었다.

세 청년의 운기행공은 길었다.

내기로 환단을 녹이고 그것을 다시 본인의 내기로 바꾸는 과정은 꽤 긴 시간이 필요한 작업이었다.

설운은 말없이 한쪽 구석에 앉아 세 청년의 호법을 서 주었다.

지금은 작은 자극에도 큰 충격을 받을 수 있었다.

저들을 위해, 또 자신을 위해, 설운은 저들의 운기행공이 끝날 때까지 저들을 지키고 보호해야 했다.

*　　　*　　　*

한 달 후, 무림맹 맹주전으로부터 한 가지 발표가 있었다.

무림 정의를 위해 마각과의 전면전을 선포한다는 내용이었다.

맹주의 발표에 따라 각 문파는 원래 계획대로 무림맹에 추가 지원을 보내기 시작했다.

인적 지원부터 물적 지원까지, 천하에 산재한 각개 문파로부터 무한 무림맹을 향한 긴 여정이 시작되었다.

천하는 들끓었고, 강호는 분주했다.

낙엽이 온 천하를 뒤덮던 만추지절(晩秋之節). 낙엽만큼 붉은 계절의 서막이 올랐다.

*   *   *

전쟁이란 적이 있어야 하는 것이다.

준비된 적 없이 홀로 싸울 수는 없는 법.

그런 의미에서 무림맹주 동방우가 천명한 마각과의 전쟁은 뒤로 의문을 남겼다.

"들어온 게 있나?"

비마당 부당주 양문교가 정보 수집을 담당하는 수하들에게 새로운 정보에 대해 물었다.

"없습니다."

"비슷한 기미라도 없어?"

수하는 고개를 저었다.

양문교는 고민에 빠졌다.

맹주 동방우가 마각과의 전면전을 공표한 지 열흘. 무림맹 안팎으로 전쟁 준비는 착착 되어가는데, 정작 상대인 마각에 대한 정보가 없었다.

'내가 아니면 누가 아는 거지? 당주? 아니야 그가 아는 것을 내가 모를 리 없어.'

비마당주 제갈문(諸葛雯)이 아무리 정보 관리에 민감하다 해도 부당주인 자신까지 배제한 채 정보를 독점하진 않았다.

'대체 무슨 상황이야?'

동방우가 전쟁을 공표할 때는 당연히 제반 정보에 대한 확인이 끝난 줄 알고 있었다.

비마당 부당주인 자신조차 모르는 정보가 맹주에게 전해 졌다는 생각에 일의 자초지종을 확인하느라 수하들을 족쳤던 것이 얼마 전이었다.

한데 누구도 몰랐다.

마각이 어디에 위치하고, 그들의 현재 상황이 어떤지를 제 대로 알고 있는 이가 없었다.

이상한 일이었다.

'설마 그냥 발표한 것은 아닐 테고.'

전쟁 선포는 함부로 하는 게 아니었다.

맹주와 각 문파가 맺은 협약상 전쟁을 선포하게 되면 각 문파는 무조건 그들이 약속한 지원을 하게 되어 있었다.

당연히 작금의 상황도 그랬다.

지금 이 시각에도 천하 곳곳에서 이곳으로 지원군들이 올라오고 있다.

물적 지원을 제외한다고 하더라도, 움직이고 있는 인원만 물경 일천 무인들이었다.

대책 없이 일단 그들을 불러들이고 본다? 말도 안 되는 소리였다.

"다시 확인해 봐. 혹시 우리쪽이 아닌 맹주 직속으로 들어온 정보가 있는지 말이야."

"알겠습니다."

깍듯이 인사를 하고 집무실을 나서는 수하의 등을 보면서 양문교는 찌푸린 인상을 더욱 찡그렸다.

아무리 생각해도 말이 안 되는 일이었다.

목에 뭔가 걸린 듯 답답한 느낌. 양문교의 얼굴은 펴지지 않았다.

*   *   *

"전언입니다."

무림맹 심처에 자리한 맹주 처소.

자리에 누운 동방우 곁으로 은밀한 목소리가 들려왔다.

맹의 인물이 아닌 듯, 목소리의 주인은 그 모습을 드러내지 않고 있었다.

"말해."

"당주께서 이르시길 삼 일 후 출전을 하라 하셨습니다."

"목적지는?"

"섬서 화산."

"화산?"

"저항이 거셀 것이니 준비 단단히 하라 이르셨습니다."

"그리고?"

"이상입니다."

"알았어."

"그럼."

침상 곁에서 들리던 목소리가 사라졌다.

이어 침상 옆 방모서리에 있던 인기척 또한 함께 사라졌다.

귀신처럼 왔다가 연기처럼 사라진 것이었다.

동방우의 입가엔 득의의 미소가 맺혔다.

배고파 울던 아기가 어미젖을 물었을 때처럼 동방우는 가슴 가득 포만감을 느끼고 있었다.

"마각. 그 흉물스럽던 놈들도 이젠 끝이군."

잠시지만 그의 눈언저리로 살기가 감돌았다.

아무리 잠시지만 그 머리 빈 놈들과 함께한다는 것이 마음에 들지 않았었다.

보이는 대로 죽여도 시원찮을 놈들이었는데 이제야 때가
왔다.

"좋아. 아주 좋아."

기분 탓일까?

새로 들인 베개가 푹신한 것이 이 밤은 숙면을 취할 것 같
았다.

눈 감은 동방우의 입가로 은근한 미소가 떠나지 않고 있었
다.

            *   *   *

이튿날 무림맹 전체에 이동을 준비하라는 명이 떨어졌다.

그리고 그 다음 날 무림맹 수뇌 회의가 열렸다.

사당을 비롯한 맹의 주요 인사들이 맹주전에서 회의를 가
졌다.

그 자리에서 맹의 주요 수뇌들은 동방우를 통해 현재 마각
의 위치를 들을 수 있었다.

섬서 화산.

이 년 전, 그들에 의해 멸문을 당한 화산파가 있던 곳이었
다.

그날 밤, 무림맹으로부터 천하 전역을 향해 전서구가 날

았다.

전통마다 적혀 있는 내용은 모두 동일했다.

─화산.

도도한 장강의 물결처럼 무림맹을 향하던 문파 지원군들의 물길이 모두 화산을 향해 그 방향을 틀었다.

목표는 화산.

무림 해악을 처단하기 위한 정파무림의 거대한 발길이 더욱 속도를 내고 있었다.

*   *   *

출전의 날이 밝았다.

무림맹 무사 모두가 모인 자리에서 동방우의 일장 연설이 있었다.

그리고 내려진 출진 명령.

우렁찬 함성과 함께 무림맹 정예 무사들이 화산을 향해 출발했다.

청(靑), 백(白), 홍(紅), 흑(黑)의 사색이 파도처럼 물결쳤다.

각기 사신이 상징하는 바에 따라 입고 있는 무복색의 물결은 모두가 정문을 다 빠져나갈 때까지 계속 이어졌다.

무림맹 정문을 가장 먼저 나선 이는 맹주 동방우였다.

그 뒤를 맹의 수뇌부가 따랐고, 이어 청룡당 무사들을 시작으로 사당 무사들이 정문을 빠져나갔다.

무한 성내까지 함께 걷던 사당 무사들은 무한 성문을 벗어나자 다시 그 순서를 바꾸었다.

제일 먼저 출발한 것은 현무당이었다.

뒤이어 주작당이 출발했고, 청룡당과 백호당은 둘로 나뉘지 않은 채 함께 길을 가게 되었다.

순서를 바꾼 이유는 있었다.

적을 맞더라도 손실이 덜한 쪽을 먼저 내주겠다는 생각이었다.

"기분 더럽군."

위염이 배에 손을 대고 짜증을 표했다.

바보가 아닌 이상 맹의 의도를 모를 리가 없었다.

"이러다 느닷없이 적이라도 마주치면 가장 큰 피해를 보는 것은 우리 현무당 아닌가? 더럽군. 청룡당도 그렇고, 백호당도 그렇고, 평소에 잘난 척은 더럽게 해대더니만 정작 중요한 때엔 몸을 뒤로 빼버리네? 더러운 새끼들."

위염은 연신 불만을 토해냈다.

좋게 본다면 선봉에 선 것인데, 그런 건 별 의미가 없어 보였다.

"내 더러워서라도 꼭 살아남고 만다. 살아서 꼭 저놈들 위패에 향을 올리고 말 것이야."

위염의 불평은 가는 길 내내 이어졌다.

처음엔 그래도 윗사람이라고 듣는 척이라도 해주던 무사들이 지치지도 않고 이어지는 불평불만에 마침내 모두가 귀를 막아버렸다.

아는지 모르는지 듣는 이 없는 위염의 독백은 호북을 지나 섬서 경계에 접어드는 순간까지도 쉬지 않고 계속되었다.

생각보다 뒤끝 많은 위염이었다.

*   *   *

섬서 경계로부터 화산까지는 그리 멀지않은 거리였다.

마침내 적이 있는 지척 거리에 닿았다는 생각에 선봉에 서 있던 현무당 무사들은 긴장을 늦추지 않았다.

뒤에 따라오는 주작당과는 반 시진 정도의 거리 차가 있었다.

혹시라도 적과 조우하게 된다면 꼼짝없이 반 시진 이상을 버텨야만 했다.

긴장을 풀 수 있는 상황이 아니었다.

긴장을 늦추지 않는 건 설운 또한 마찬가지였다.

이 년 전 서안에서 적의 간악한 암계에 당한 경험이 있는 설운이라 누구보다도 더 긴장을 유지하고 있었다.

무한에서 화산까지는 짧지 않은 길이었다.

그런 만큼 당연히 적들도 이들이 가고 있는 것을 잘 알고 있을 터.

언제, 어디서, 무슨 일이 벌어진다 해도 하등 이상할 것이 없는 상황이었다.

"휴식."

설운이 짧게 말하니.

"휴식!"

그의 말을 복창하며 현무당 무사들이 저마다 자리를 잡고 휴식에 들어갔다.

현무당의 당주는 위엄이었지만 실질적 지휘는 설운이 맡았다.

무공도, 무사들의 자세도 위엄보다는 설운이 그들을 이끄는 것이 더 나아 보였기 때문이었다.

쉬는 시간이었지만 무사들의 긴장은 풀리지 않았다.

이전 미리 연습한 대로 일정 대형을 갖춘 채 주변을 탐색하는 것을 잊지 않았다.

하소아가 가져다준 물을 한 잔 마시며, 설운은 이후의 행보를 생각했다.

'마각은 귀전과 더불어 요당에 속했다고 봐야 한다. 동방우는 분명 요당의 인물. 결국 같은 편끼리 전쟁을 한다는 말인데⋯⋯.'

설운은 자신이 겪은 일을 바탕으로 세력 간의 역학 관계를 따져봤다.

마각은 요당의 적이 아니다.

둘이 하나로 합쳐졌거나 적어도 밀접한 관계를 맺고 있다고 봐야 했다.

'그럼 어떻게 할 거냐?'

설운의 입장에서 풀리지 않는 고민은 둘의 대결 구도였다.

결국은 같은 편인데 서로 싸우는 상황이 되었다.

'동방우는 누구를 죽일 수 있을까?'

동방우와 마각은 같은 편이라 해도 무림맹과 마각은 또 다르다.

무림맹의 무사들은 마각도, 귀전도, 요당에도 속해 있지 않다.

마각의 입장으로서는 실제 전투가 벌어진다 해도 살수를 씀에 거리낌이 없다는 얘기였다.

동방우의 입장은 달랐다.

마각과 그가 한 배를 탔다면 그의 입장에서 마각의 무인들을 죽이는 데는 한계가 있을 것이었다.

'요당이 바라는 것은 천하. 동방우는 그러한 그들을 대표하는 인물. 마각을 그냥 두어도 동방우가 정파를 얻는다면 요당의 입장에서는 천하의 반 이상을 손에 넣은 것이나 다름이 없다. 남는 것은 흑도맹의 사파와 세외 세력뿐. 만약 요당이

그들마저 수중에 넣는다면 천하는 오롯이 요당의 손에 떨어진 것이 된다.'

설운은 세력 판도를 계산하며 요당의 의도를 찾아갔다.

'따져 보자. 먼저 마각과의 전쟁을 적당한 선까지만 하고 물러서는 경우, 그럴 경우 마각도 무림맹도 큰 피해 없이 사태를 마무리할 수 있다. 하지만 동방우의 명성에 금이 가겠지.'

마각은 천하의 공분을 사고 있었다.

천하 각 문파가 자신들의 손실을 감수하면서 무림맹의 권위를 세우고 동방우를 적극 지지하는 데는 무엇보다 그 이유가 가장 컸다.

그런 상황에서 어떤 식으로든 마각과의 일전에 문제가 생긴다면, 동방우의 입지는 크게 흔들리게 될 것이었다.

결국 설운의 판단에 마각과의 일전은 피할 수 없는 외길이었다.

'그럼 뭘까? 죽일 자가 없는 동방우는 어찌해야 할까? 혹 마각의 항복?'

마각이 병기를 내려놓고 자비를 구한다면 동방우는 그들을 살려줄지도 몰랐다.

하지만 그것 또한 현실성은 없었다.

설운이 아는 마각은 싸우다 죽으면 죽었지, 애초에 그럴 자들이 아니었기 때문이었다.

'그렇다면?'

남은 가정은 둘 중 하나였다.

이번 싸움으로 아예 정파의 씨를 말려 버리거나, 아니면 마각을 버려 버리거나.

설운의 판단은 곧 이어졌다.

'마각을 버리는구나.'

설운이 고개를 끄덕거렸다.

설운이 알고 있는 요당은 어떤 경우에라도 수면 위로 자신들의 몸을 완전히 드러낼 자들이 아니었다.

만약 그들이 정파의 씨를 말리려 한다면 어떤 식으로든 자신들의 일부를 드러내야만 했다.

만약 요당이 힘으로 정파무림을 상대할 요령이었다면 아마 진즉에 그리했을 것이다.

동방우를 맹주 자리에 올릴 필요도, 이렇게 마각을 상대하기 위해 무림의 힘을 모을 필요도 없었다.

정파의 힘은 무림맹 무사들이 전부가 아니었다.

설사 이후 전투에서 무림맹 무사 전부가 죽는다 해도 정파의 뿌리는 뽑히지 않고 굳건히 남아 있다.

결국 결론은 하나였다.

마각은 요당의 진정한 동반자가 아니다.

'마각은 분명 우리가 그들을 향해 가고 있는 것을 알고 있다. 그럼에도 이제까지 움직이지 않고 있다는 것은 요당이 마

각을 어떤 식으로든 속이고 있다는 것.'

　마각은 요당이 자신들과 함께 정파무림을 친다고 생각할
지도 몰랐다.

　아마 그럴 가능성이 높아 보였다.

　그렇다면 마각은 화산에서 나름 준비를 하고 자신들을 기
다리고 있을 것이었다.

　그리고 요당과 동방우는 그런 마각의 준비에 어느 정도는
호응을 해줄 테고.

　'그렇다면!'

　그 제물이 현무당이 되는 것이었다.

　설운의 눈이 깊게 잠겼다.

　'지원은 없다.'

　전투는 벌어진다.

　그것도 치열하게.

　현무당 대부분이 죽을 것이다.

　오지도 않을 지원을 기다리며 최후의 한 사람까지 적의 손
에 죽게 될 것이었다.

　'더럽게 꼬여가는구나.'

　상황이 갈수록 안 좋게 되어갔다.

　　　　　*　　　*　　　*

깊은 밤.

번을 서는 일부 무사를 제외하고 현무당 무사들은 깊은 잠에 빠져 들어 있었다.

설운은 잠든 무사들 사이를 걸어 다녔다.

몇 개월의 짧은 만남이었지만, 성과 열을 다했던 사람들이었다.

목적이 있어 거두었지만 쉽게 버릴 수 없는 자들이었다.

여정이 고달팠던지 무사 대부분이 코를 골며 죽은 듯 잠들어 있었다.

저도 모르게 불쌍하다는 생각이 들었다.

설운이 고민을 하는 데는 이유가 있었다.

죽이기 위한 전투라면 누구보다 설운이 앞서 적을 죽일 것이었다.

그것엔 한 치의 고민도 필요 없었다.

하나 살리자니 고민이었다.

저들을 살리려면 설운은 자신의 본신 무위를 다 드러내야 했다.

무위를 감추고 상대할 수 있을 만큼 마각은 가벼운 존재가 아니었다.

전력을 다해 싸우면 이길 수 있었다.

그러나 그 후 맞아야 할 세상의 의심과 경계는 분명 설운의 행보에 큰 지장을 줄 게 뻔했다.

삼화경을 넘어서는, 정확히는 천화경에 달한 젊은 고수란 현실적으로 존재하기 힘든 것이니 세상은 자신의 진모에 대해 끊임없는 의문을 품게 될 것이었다.

그래서 숨겨야 했다.

드러나지 않을 만큼 적당한 선에서 진모를 가려야 했다.

그러니 문제였다.

가리자니 저들은 죽을 것이고, 드러내자니 가린 속을 드러내야 했다.

진퇴양난.

이러지도 저러지도 못할 상황이었다.

"안 주무십니까?"

무사들 사이를 걷던 설운 곁으로 하소아가 다가왔다.

"너는 왜 안 자?"

"잠이 안 옵니다. 막 긴장되고 흥분되고……."

"그래도 자 둬. 일단 싸움이 시작되면, 언제 쉴 시간이 주어질지 모른다. 하루, 이틀, 어쩌면 몇 날 며칠을 뜬눈으로 새워야 할지도 몰라. 쉴 수 있을 때 푹 쉬어 둬."

"하하. 네, 알겠습니다."

하소아가 손으로 머리를 긁으며 웃었다.

"대형께서도 좀 주무셔야죠."

하소아가 설운을 염려하며 잠을 청했다.

앳된 얼굴 위에 진정이 어려 있었다.

"내 걱정은 말아라."

설운이 웃으며 하소아의 어깨를 두드려 주었다.

현무당 무사들은 언젠가부터 설운을 대형이라 불렀다.

나이 고하를 막론하고 모두가 설운을 그리 칭했다.

사실 부를 마땅한 호칭이 없긴 했다.

실질적으로 무사들을 지휘하나 그가 당주는 아니었다.

그렇다고 조장처럼 다른 직책이라도 있으면 모를까, 설운은 따로 부여받은 직급이 없었다.

이름을 부르기엔 그와 현무당 무사들 사이의 특수한 관계가 걸렸다.

어쨌든 그들을 가르치는 사람이었다.

함부로 이름을 부르는 것은 예에 맞지 않았다.

시작은 아마 젊은 애들부터였던 것 같다.

설운에게 감사하고, 설운을 존경하던 청년들이 한둘씩 대형이라 부르기 시작했다.

그리고 점차 그 호칭은 현무당 전체로 퍼져 나갔다.

대형.

부르는 말 속에 잔정이 있었다.

대형.

부르는 말 속에 진정 피를 나눈 혈육처럼 대하는 그들의 진심이 들어 있었다.

직급의 상하도 가진 것의 유무도 배제된 순수한 인간적 정이 그 말 속엔 들어 있었다.

그들은 가족이 되었다.

몇 달을 함께 땀 흘리며 고생하는 과정에서 그들은 피가 아닌 땀으로 뭉쳐진 또 다른 가족이 되었다.

　—지켜주오. 아수라가 부처에 귀의하여 법을 지키는 신장이 되었듯이 세상을 지키는 수호자가 되어주오.

문득 다문경의 말이 떠올랐다.

세상을 지켜달라던 간곡한 그의 부탁이 새삼 생각났다.

그가 원했던 것은 사람을 지키는 일이었다.

불의와 잘못된 폭력으로부터 작고 여린 이들을 지켜달라고 했었다.

생각해 보니 그들은 먼 곳에 있지 않았다.

천하 만민이라는 막연한 대상이 아니라 실제 옆에서 살아 숨 쉬는 약자들이 있었다.

'쓸데없는 고민이었다.'

설운이 하소아를 보던 따스한 눈빛으로 하늘을 올려다보았다.

그곳엔 아름다운 밤하늘이 펼쳐져 있었다.

밤은 어둡지 않았다.

밤하늘은 검지 않았다.

밤은 달과 별로 빛나고 있었고, 밤하늘은 환히 밝혀져 있었
다.

*   *   *

화산과 하루 거리를 남긴 날, 맹주의 전령이 당도했다.

―공(攻).

전서엔 딱 한 글자만 적혀 있었다.

전령을 돌려보낸 뒤, 설운은 위염을 비롯한 현무당 무사 전
부를 한곳으로 모았다.

"명이 떨어졌다. 이제 우리는 화산을 향한 공격을 시작할
것이다."

무사들은 조용했다.

사기를 끌어 올리는 함성도, 서로를 격려하는 의지의 목소
리도 없었다.

막연하게 생각했던 전투가 눈앞에 닥친 탓에 모두의 눈엔
긴장이 서려 있었다.

"그전에 할 말이 있다."

낮게 말하지만 무리 끝까지 또렷이 들리는 설운의 목소리
엔 힘이 실려 있었다.

"아군은 없다. 뒤를 받쳐 줄 지원은 없다."

뜬금없는 설운의 말에 무사들 사이에 동요가 일었다.

"말 그대로다. 이제 벌어질 마각과의 싸움에서 우리 모두가 다 죽는다 해도 맹은 지원을 하지 않을 것이다."

설운은 무사들에게 자신이 판단한 현재 상황에 대해 말을 해 주었다.

칼받이.

현무당은 다른 무엇도 아닌 일개 칼받이에 지나지 않는다는 얘기였다.

무사들은 놀랐고, 특히 위염은 큰 충격을 받았는지 놀란 눈이 크게 부릅떠 있었다.

"확실하오?"

위염이 놀람이 채 가시지 않은 목소리로 확인을 했다.

"내 판단은 그렇소."

"운 대협의 개인적인 판단일 뿐이잖소."

"틀리지 않을 것이오."

"끄응."

위염은 믿을 수 없다는 표정으로 낮게 탄식을 내뱉었다.

"확인을 해봐야겠소."

"대답은 뻔할 것이오. 걱정 말라고 하겠지."

"하긴……."

이렇든 저렇든 설운이 말한 대답을 맹이 내놓진 않을 것이다.

"어찌해야 하오?"

"이제 그 얘기를 하려 하오."

이백이 넘는 현무당 무사가 모두 눈을 똥그랗게 뜬 채 설운의 입만 바라보았다.

무슨 말이 나올지, 그리고 차후 어찌 행동해야 할지가 그의 입에 달려 있었다.

"먼저 이 싸움의 의의부터 말하겠다. 한마디로 이 싸움은 의미 없는 싸움이다. 다시 말해 여기서의 죽음은 개죽음에 지나지 않는다."

무사들의 웅성거림이 커졌다.

"그래서 먼저 여러분에게 기회를 줄 생각이다. 방금 전 말했지만 이 싸움은 의미가 없는 싸움이다. 이 안엔 무림의 대의도 정의도 들어 있지 않다. 간단히 말해서 굳이 덤벼들 싸움이 아니란 것이다."

설운이 눈빛을 빛내며 무사들과 눈을 맞추었다.

"떠나고 싶은 자, 지금 나서라. 개죽음이 싫은 자, 지금 나서라. 돌봐야 할 가족이 있고, 챙겨야 할 식솔이 있다면, 지금 나서라."

설운이 굳은 표정으로 말을 이어갔다.

"눈치 보지 말고, 눈치를 주지도 말라. 한 번 더 말하지만 이 싸움은 아무런 가치가 없는 싸움이다. 의미 없이 죽는 것보다는 차라리 모든 것을 털고 떠나는 것이 낫다. 나서라. 그 게 옳은 일이다."

동요가 더 심해졌다.

무사들은 두셋씩 서로 얘기를 나누며 현재 상황을 논하고 있었다.

한참 후, 하나둘 무리에서 떨어져 나오는 자들이 보였다.

처음 눈치를 보던 무사들이 한둘 떠나려는 사람들이 나오 기 시작하자 미안한 표정을 지으며 대열을 이탈하기 시작했 다.

이백오십의 현무당 무사 중 거의 일백에 해당하는 자가 대 열에서 빠져나왔다.

설운은 빠져나온 사람들을 보며 웃음을 지었다.

"더 없느냐?"

설운이 무사들을 둘러보며 외쳤다.

"개죽음이다. 누구도 기억해 주지 않을 버려진 싸움이다. 망설이지 마라."

설운이 다시 재촉을 했다.

하나 한참을 기다려도 더는 나오는 무사가 없었다.

"정말 바보 같은 자들이로군."

설운이 낮게 중얼거리며 무사들을 보았다.

설운이 대열에서 빠져나온 무사들 쪽으로 걸어갔다.

민망한 듯 무사들은 모두 고개를 숙이고 있었다.

"부끄러워할 필요 없다. 잘한 일이다."

설운이 한 명 한 명 눈을 마주치며 그들과 작별 인사를 나누었다.

그리고 그들을 떠나보냈다.

무사들을 둘러싼 분위기가 우울해졌다.

남는 자들은 남는 자들대로, 떠나는 자들은 떠나는 자들대로 편치 않은 마음으로 서로 작별의 인사를 전했다.

"미안하다."

"쓸데없는 소리. 네가 죽으면 네 늙으신 노모는 어쩌려고? 잘한 거야."

떠나는 자 대부분이 복잡한 심경에 눈물을 흘렸고, 남은 자들은 떠나는 자들을 위로해 주고 있었다.

천근 같은 발 무게가 떠나는 자들의 걸음을 느리게 만들었다.

하나, 둘…….

무사들이 떠나갔다.

그리고 남은 자들의 얼굴은 어둠으로 가득 찼다.

"왜 안 가?"

사람들이 떠난 자리에 십여 명의 사람이 남아 있었다.

"마음이 변한 거야?"

"그냥 가세요. 괜히 미련두지 말고."

떠나지 않고 남아 있던 사람들에게 원래 남기로 했던 무사들이 걸음을 재촉했다.

"아냐. 원래부터 갈 생각 없었어."

남아 있던 무사 하나가 설운을 보며 씩 웃었다.

그러고는 원래 자기 자리로 돌아갔다.

그가 떠날 것처럼 대열을 이탈했던 것은 애초에 설운의 명이었다.

전날 설운은 하소아에게 자신의 생각을 전했다.

그리고 확실히 남을 몇몇 무사를 모은 다음, 다음 날 해야할 행동을 일러주었다.

사람이 심리란 것이 첫걸음을 떼는 것을 주저하게 한다.

더구나 생사가 걸린 이런 상황에서 동료를 남겨두고 쉽게발을 뗀다는 것은 결코 쉽지 않다.

그래서 설운은 그들에게 먼저 나설 것을 주문했다.

진정 떠나고픈 마음이 있는 자들이 큰 부담 없이 발을 뗄수 있게 해주기 위해서.

무사들이 고개를 끄덕이며 설운을 바라보았다.

외모와 다른 세심한 배려가 잔잔한 감동으로 다가왔다.

그리고 믿음이 생겼다.

최소한 저 사람은 자신들을 버리진 않겠구나, 라는 믿음.

비록 그가 자신들을 위해 무공을 사사해 주고 정성껏 지도도 해주었지만, 그로 인해 모두가 가족 같은 분위기가 만들어졌지만, 세월의 때가 타지 않은 관계는 언제든 틀어질 가능성이 있는 법이기에 온전히 다 믿는 것은 아니었다.

당연히 신뢰는 높았지만, 절대적이진 않은 것이었다.

그런 가운데 이번의 일은 무사들로 하여금 설운을 또 한 번 다시 보게 만들었다.

생사대전을 앞두고 무사들을 보내주는 것만도 보통 일이 아닌데, 그들을 생각해 밑밥까지 깔아주었으니, 이보다 더한 배려가 어디 있을까?

무사들은 눈빛을 빛내며 설운을 바라보고 있었다.

그리고 그 눈빛 안에 담긴 마음은 분명 신뢰와 존경이었다.

현무당은 다시 하나로 굳게 뭉쳐졌다.

제8장
설운 신위(神威)

일부 무사가 떠난 뒤, 설운은 본격적인 전투 준비에 들어갔다.

위염을 비롯해 새로 편제한 각 조 조장을 불러 대책 회의를 열었다.

"내 예상으로는 우리가 가는 길 주변으로 반드시 매복이 있을 것이야."

당연한 말이었다.

동방우가 명을 내렸을 때, 그 사실을 현무당에만 전달하진 않았을 것이다.

마각 또한 알고 있다고 봐야 했고, 그들은 그들 나름대로 준비를 하고 있을 게 분명했다.

"그래서 경로를 바꾼다."

설운의 말을 듣고 있던 조장들이 고개를 끄덕였다.

"지금 우리가 가고 있는 길은 화산까지 직선으로 놓인 길. 가장 가까운 길이지만 굳이 빨리 갈 필요는 없지."

"돌아갈 생각이오?"

위염이 진지한 얼굴로 물었다.

"그렇소."

"그쪽엔 매복이 없겠소?"

"있더라도 소수일 거요. 재빠르게 치고 갈 길을 갈 생각이오."

"화산에선 어찌할 생각이시오?"

위염이 실질적인 문제를 들고 나왔다.

이 싸움은 결국 화산에서 끝날 싸움이었다.

매복을 뚫고 적진을 파고든다고 해서 승리가 보장되는 것은 아니었다.

"적의 수는 최소 오백."

설운이 예전 대야평에서 봤던 마각 무인들의 수를 떠올렸다.

"경지는 최하가 일류 이상."

"아!"

"휴우."

설운의 말에 참석자 모두가 놀람을 표했다.

"그 정도였소?"

"화산파를 하루아침에 멸문시킨 자들이오. 지금 내가 얘기하는 것도 최소한을 이르는 것이니, 더하면 더했지 모자라진 않을 것이오."

설운의 말에 모두의 얼굴이 굳어졌다.

막연하게 생각해 왔던 적의 실체에 대해 듣고 나니, 이 싸움이 얼마나 힘든 싸움인지 새삼 느껴지는 것이었다.

"한데 설 대협께선 저들에 대해 어찌 그리 잘 아시오?"

위염이 지난 며칠을 생각하며 가졌던 의문을 표했다.

그의 말을 듣고 보니, 느껴지는 것이 있었는지 다른 조장들 또한 설운의 얼굴을 유심히 바라보았다.

다들 궁금한 모양새였다.

"악연이 있소. 오랜 세월 얽히고설켜 있던 악연이. 덕분에 저들에 대해 많은 것을 알게 되었지요."

설운의 눈에 잠시 살기가 돌았다.

거짓 아닌 진실이었다.

그가 마신궁의 혈령이었다는 사실만 전하지 않았을 뿐.

"다시 본론으로 돌아갑시다. 어쨌든 적의 세는 적게 잡아 그 정도요. 우리 전력은 말 안 해도 다들 잘 알 테고."

"애초에 말도 안 되는 싸움이었네."

위염이 고개를 절레절레 흔들며 맥이 풀린 듯한 표정을 지었다.

"지금도 늦지 않았소."

떠나도 된다는 말.

"내가 또 구질구질하진 않지."

설운의 농담에 위염이 웃으며 맞장구를 쳤다.

사람이 실없어 보여도 명색이 현무당 당주였다.

잘 드러나지 않아서 그렇지, 그가 가진 무공이나 기타 능력은 결코 만만히 봐서는 안 될 것들이었다.

"그래서 나의 생각은 이렇소. 우리는 적의 배후로 돌아 들어갈 거요. 그리고 속전속결로 적을 치고 빠질 생각이오."

"아무리 재빠르게 치고 들어간다고 해도 우리가 저들을 무찌를 수 있을까요?"

삼 조 조장 상백이 우려를 표시했다.

"우리는 적과 끝까지 싸우지 않는다."

"네?"

또 한 번 예상외의 발언에 사람들이 설운에게로 시선을 모았다.

"말 그대로 치고 빠진다. 교전은 하되, 길게 끌지 않을 것이다."

"그럼?"

"유인하는 거지."

"어디로 말씀이오?"

위염의 말에 설운이 씩 웃으며 그를 바라보았다.

"어디겠소?"

어둡던 위염의 머릿속으로 등이 하나 켜졌다.

"그거 참 좋은 생각이로군."

위염이 진정으로 밝게 웃으며 기쁜 기색을 표했다.

"그래도 조심해야 한다. 적은 너희가 생각하는 그 몇 배 이상의 힘을 가진 자들이다. 교전을 하되 절대 무리해서는 안 된다. 다시 말하지만, 이 싸움에서 죽는 것은 개죽음에 지나지 않는다. 이점, 확실히 전해두도록."

"네! 대형."

조장들이 절도 있게 고개를 숙이며 설운의 말에 복명을 했다.

조장들의 표정이 밝았다.

쉽지 않은 싸움이 될 테지만, 최소한 전멸을 당할 일은 없다고 생각했다.

운이 좋다면 꽤 많은 이가 살아 돌아갈지도 몰랐다.

조장들의 얼굴에서 할 수 있다는 의지가 일어났다.

한편 설운의 생각은 조장들과 달랐다.

그는 최대한 욕심을 부리고 있었다.

'단 한 명도.'

잃고 싶지 않았다.

가능한 한 모두를 살린 채 돌아가고 싶었다.

그러려면 자신의 역할이 중요했다.

*   *   *

현무당 무사들이 이동을 시작했다.

이제까지와는 다르게 최대한 속도를 높여서 전진해 갔다.

선두에 설운이 있었다.

설운은 최대한 기감을 펼쳐 놓고서 주변을 탐색했다.

화산을 향해 직진하던 이제까지의 경로를 버리고 하산의
배후를 노리는 우회로를 선택했다.

남은 거리는 반나절 거리가 채 못 되었다.

들키기 전에 더 서둘러야 했다.

먼 길을 돌아 멀리 화산이 보일 무렵, 처음으로 적과 조우
했다.

만약을 대비해 화산의 배후를 지키고 있던 마각의 무인들
이 설운의 손아래 비명도 없이 쓰러져 갔다.

무림맹에 들 때 손을 쓴 이래 처음 시전하는 무공이었다.

위염을 비롯한 현무당 무사들은 그때야 비로소 설운의 진
면목을 약간이나마 엿볼 수 있었다.

그것은 경이(驚異)였다.

누구도 짐작 못할 곳을 표표히 날아가서, 간단하고 절제된

동작으로 적의 숨통을 끊어놓았다.

설운이 움직이면 반드시 적이 있었고, 그가 다가가면 필연코 적은 숨이 다했다.

예외는 없었다.

설운의 손은 마치 염계의 마왕처럼 확실히 죽음을 선사했다.

무사들은 따로 할 일이 없었다.

언제나 설운이 앞에 서 있었고, 현무당 무사들이 반응을 하기도 전에 이미 일을 마무리 짓곤 했다.

하나 감탄은 했지만, 기대진 않았다.

이미 그렇게 하기로 되어 있던 일이었고, 그들이 할 일은 따로 있었기 때문이었다.

—가능하겠소?

전날 설운이 내놓은 전략은 위염과 조장 모두를 놀라게 했다.

단독 돌파.

설운은 홀로 적진에 뛰어들겠다고 했다.

사람들은 머리를 저었다.

아무리 설운이 뛰어난 고수라 해도 최하가 일류 이상인 무사 오백을 홀로 감당하는 것은 불가능한 일이라고 생각했다.

─놀며 구경만 하라는 것이 아니오.

설운은 무사들이 해야 할 일을 일러주었다.

그것은 적에 근접해 그들을 유인하는 것.

단순하지만 적의 무력을 생각해 보면 만만찮은 난제였다.

설운 혼자라면 적들은 화산을 떠나지 않을 것이 분명했다.

교전은 있겠지만, 적들은 둥지를 떠나려 하진 않을 것이었
다.

현무당 무사들이 함께해야 저들이 무림맹 전체의 공세로
생각할 테고, 그래야 저들을 무림맹 본진으로 이끌고 갈 수
있다.

이미 전령을 보냈다.

전멸 위기에 있으니 빠른 지원을 바란다고 거짓 정보를 전
했다.

무림맹 본진은 시간을 계산할 테고, 적당한 때가 되면 화산
으로 밀려들 것이었다.

필요한 건 그 만큼의 시간을 버티는 것이었다.

이 싸움은 상대를 얼마나 죽이느냐가 아닌, 상대로부터 얼
마나 버틸 수 있느냐의 싸움이었다.

화산에 근접해 갈수록 마각 무인의 수는 늘었다.

하지만 설운의 진행 속도는 똑같았다.

적이 하나가 있든 둘이 있든 설운에겐 별 차이가 없는 모양이었다.

다만 그의 몸이 움직이는 빈도수가 늘어날 뿐, 그의 손아래 적이 죽어나가는 것은 변함이 없었다.

[확산.]

설운의 명에 따라 현무당 무사들이 대형을 넓혔다.

사람 수가 많은 것처럼 보이기 위한 임시방편이었다.

예전 화산파를 둘러쌌던 담벼락을 앞에 두고, 설운과 현무당 무사들이 서로 눈빛을 주고받았다.

저 담을 넘는 순간 모든 것은 바뀐다.

한 번의 주저함이 죽음으로 이어질 것이었다.

[정신 바짝 차려야 한다.]

설운이 마지막으로 당부의 말을 전했다.

[네!]

[알겠소.]

그리고 마침내 공격의 명이 내려졌다.

[공격!]

현무당 무사들이 화산 뒷담을 향해 힘껏 뛰어갔다.

쾅!

앞장선 설운의 일장에 담벼락이 날아가며 자욱한 먼지가 피어올랐다.

현무당 무사들이 대형을 유지한 채 화산 담 안으로 들어섰다.

설운이 담 근처에 서서 들어가는 무사들의 주변을 봐주었다.

먼지 속에서도 설운의 눈은 예리하게 빛났다.

갑작스레 무너진 담 때문에 잠시 허둥거리던 마각 무사 셋이 보였다.

적들이 미처 설운을 인식하기도 전에 설운의 검이 그들의 목을 날려 버렸다.

마지막 현무당 무사가 담 안으로 진입할 때쯤, 무너진 담을 향해 달려오는 마각 무인들이 보였다.

"웬⋯⋯."

설운의 손에서 격공장이 펼쳐졌고.

"큭!"

달려오던 무인들이 오던 모습 그대로 터져 나갔다.

"격공장!"

설운 뒤를 달려가던 하소아는 넋이 나간 표정이었다.

설운이 강한 줄 알고 있었지만 도가 지나쳤다.

단순한 검공이 아니라 공간을 초월하는 격공장이라니.

'말도 안 돼.'

풍문으로나 들어봤던 고수의 상승무공에 하소아의 벌린 입이 다물 줄을 몰랐다.

"멈춰라!'

장내를 뒤흔드는 거대한 소리에 이어 안쪽으로부터 무인
들이 날아들었다.

주변 경계를 서던 마각 무사들과는 또 다른 차원의 무인들
이었다.

무인들의 기세가 범상치 않았다.

하나같이 경지에 이른 고수였다.

'꿀꺽.'

그들의 강맹한 위용에 하소아는 저도 모르게 침을 삼켰다.

온몸을 휘감고 도는 적의 기세에 겁을 먹은 것이었다.

사실 하소아는 방금 전까지만 해도 의욕에 차 있었다.

예전의 자신은 어리고 나약했지만 설운을 만나고 강해졌
다.

떠나기 전 설운이 준 환단은 그의 미미하던 내용을 단박에
증진시켜 거의 일 갑자에 가까운 내공을 지니게 했다.

고수라는 말이 얼마만 한 경지인지는 몰라도, 어디서 누구
를 만나든 한번 해볼 만하겠다는 자신이 있었다.

한데 우물 안 개구리였다.

조금 전, 설운의 무위를 보고 충격을 받았다.

저것이 진정한 고수의 모습인가 싶어 기가 죽었다.

거기에 새로 등장한 마각 무인들은 설운과는 또 다른 흉험
한 기세를 내뿜고 있었다.

아무것도 모르던 하룻강아지가 조금 더 자라 호랑이의 무서움을 알게 되듯, 하소아는 진정 높고도 먼 고수의 진면목을 알아차리게 된 것이었다.

좌아악!

나타난 적들이 두말없이 검을 내질렀다.

빼어 든 검에서 검광이 번뜩이더니, 설운을 중심으로 깊게 땅이 패여 나갔다.

"안 돼!"

하소아가 놀란 마음에 고함을 질렀다.

불안했다.

제대로 보이지도 않는 검세는 적들이 얼마나 높은 경지의 고수인지 여실히 깨닫게 했다.

그래서 두려웠다.

적의 무시무시한 검세에 금방이라도 설운의 몸이 갈기갈기 찢겨 나갈 것만 같아 무서웠다.

하지만 곧이어 펼쳐진 믿지 못할 광경에 하소아는 그만 몸과 마음이 굳어버렸다.

허공과 땅을 가르는 매서운 검기 속을 설운이 자유자재로 노닐고 있었다.

마치 검기가 설운을 피해 가는 듯, 어지러운 검기 속을 설운이 편안히 거닐고 있었다.

검기는 빨랐으나, 설운은 느렸다.

검기는 복잡 다변했지만, 설운의 움직임은 단순했다.

느리고 느긋한 걸음이 검기의 폭우 속을 스며들듯 지나쳤고, 마각 무인들의 검은 허공에 어지러운 잔광만 남기고 헛되이 떠돌았다.

"아!"

하소아의 눈빛이 감탄에 젖어들 무렵, 설운의 손끝이 검병에 닿았다.

이어 선명한 주홍빛을 띤 투명한 빛무리가 검기를 가르며 쭉 앞으로 뻗어나갔다.

'아름답구나⋯⋯.'

아름다웠다.

맑게 갠 화창한 날, 푸른 하늘을 가로지르는 무지개처럼 주홍빛 빛무리가 허공에 피어났다.

마치 투명한 홍옥을 들여다보는 듯, 신비롭고 오묘한 빛이었다.

하지만 빛은 보이는 아름다움과 달리 사납고 포악했다.

검기와 검과 사람을 한 번에 양단하며, 막아서는 것이 무엇이든 결코 용서하지 않았다.

잘린 검과 팔다리가 허공에 솟구쳤다.

무소불위의 절대적 힘을 가진 대륙의 황제처럼, 검에서 피어난 빛은 앞을 막아서는 모든 것을 굴복시키며 허공에 피를

뿌려댔다.

그것은 절대고수의 공능.

오직 절대검경을 이룬 자만이 가질 수 있다는 검강이었다.

'세상에.'

하소아의 손이 떨리고 있었다.

두려움에, 긴장에, 그리고 경악에, 그의 사지는 바람 맞은 등불처럼 덜덜 떨리고 있었다.

설운이 강자라고 생각했었다.

자신은 죽었다 깨어나도 도달할 수 없는 높은 경지의 사람이라는 것은 알고 있었다.

그래도 이 정도는 아니었다.

난무하는 검기 속을 자유롭게 다니고, 대부분의 무인이 평생을 수련해도 얻지 못한다는 검강지공을 그 흔한 기합 한 번 없이 가벼운 손짓으로 구현해냈다.

'이건, 이건……'

보면서도 믿기지 않았다.

과연 저 사람이 그동안 함께 동거동식을 했던 그 사람이 맞나 싶었다.

놀랍고 또 놀라웠다.

설운의 검은 자비가 없었다.

보이는 족족 적을 양단하며 앞길을 개척해 갔다.

감히 합을 겨룰 엄두조차 나지 않는 무서운 적들을 거침없이 베어넘기며 전진을 이어갔다.

하소아를 비롯한 현무당 무사들의 경악은 그칠 줄을 몰랐다.

적이 몰려들고, 생사의 순간을 맞이하게 되었지만, 그들의 시선은 돌아보면 어느덧 설운을 좇고 있었다.

한순간 한순간이 경이의 순간이었고, 한 걸음 한 걸음이 새로운 역사의 한 장이 되어갔다.

그들은 새로이 탄생하는 무림 전설의 살아 있는 증인이었다.

심장이 뛰고, 온몸이 전율에 젖어들었다.

눈앞에 살아 움직이는 전설 속 영웅의 모습에, 무사들은 흥분을 감출 수 없었다.

[흥분하지 마라!]

하지만 그 기분은 오래가지 못했다.

얼음을 머금은 듯 싸늘한 설운의 목소리에 무사들의 끓던 피가 차갑게 식었다.

[아직 제대로 된 적은 나타나지도 않았다. 흥분하지 말고, 냉정을 유지하도록!]

그러나 차가운 설운의 말은 현실감이 없었다.

지금의 적도 충분히 무서운데, 아직 제대로 된 적은 나타나지도 않았다니.

그 순간!

우우우우웅.

어디선가 낮은 진동음이 들렸다.

[모여!]

설운의 급한 목소리가 들렸다.

전진하던 설운이 발길을 멈추고 주변 현무당 무사들의 위치를 살폈다.

현무당 무사들이 다급하게 설운의 뒤로 몰려들었다.

그러나 일부 반응이 늦은 무사들이 미처 제자리를 벗어나지 못했다.

순간 설운의 헐렁한 장포가 크게 부풀었고, 그의 양손에서 강한 기운이 발출되었다.

쿠아아아앙!

천지가 개벽하는 소리가 들리고.

"으음……."

어디선가 신음 소리가 들려왔다.

[바짝 붙어!]

평소와 다른 설운의 목소리가 들리더니, 무사들을 중심으로 사방에서 적들의 모습이 보이기 시작했다.

좀 전의 일로 현무당 무사 몇이 크게 다쳐 바닥에 쓰러져 있었다.

직접적인 타격은 막았지만 충돌의 여파까지 다 해소하진

못했기 때문이었다.

"제법이군."

나타난 마각 무인 중 한 명이 설운과 일행을 바라보았다.

깊게 잠긴 동공 속엔 아무런 감정도 서려 있지 않았다.

마각의 무인들이 속속 모여들고 있었다.

저들의 반응이 빨랐는지, 생각보다 시간을 지체했는지, 다가서는 마각 무인들의 수는 설운이 예상했던 숫자를 이미 넘기고 있었다.

[신호를 하면 튄다. 알겠나?]

설운이 은밀히 전음을 넣었다.

더 늦으면 곤란했다.

죽여 이기는 싸움이 아니라 살아 뒷날을 도모하는 싸움이었기에 불필요한 희생이 발생하기 전에 자리를 떠야 했다.

[지금!]

설운이 신호를 주며, 동시에 몸의 기를 해방시켰다.

이때까지와는 비교도 할 수 없는 막대한 기운이 설운의 전신을 타고 사방으로 퍼져갔다.

그와 동시에 현무당 무사들이 왔던 길로 몸을 돌렸다.

미리 얘기한 대로, 그들은 뒤도 돌아보지 않고 죽을힘을 다해 신법을 전개했다.

감정 없는 눈으로 현무당 무사들을 보고 있던 마각 무인이 인상을 찡그렸다.

설마 이 상황에서 뒤로 내뺄 줄은 상상도 못했던 것이었다.

"감히!"

무표정하던 얼굴이 악귀처럼 구겨지고, 무인의 두 손에서 와류가 일어났다.

하지만 그것이 그가 이승에서 한 마지막 행동이 될 줄은 꿈에도 몰랐다.

고오오오오.

대기를 울리는 은은한 소리에 이어 설운의 검이 두둥실 허공으로 떠올랐다.

"……!"

마각 무인의 눈빛에 처음으로 감정이 깃들었다.

"그건!"

마각 무인의 경악성이 채 끝나기도 전에, 검신 가득 분홍빛 섬광을 뿌리며, 설운의 검이 살아 있는 생물처럼 마각 무인의 미간을 꿰뚫고 지나갔다.

검은 빛살과 같았다.

허공에 긴 잔영만을 남긴 채 마각 무인들 사이를 휘젓고 다녔다.

검은빛이 되어 적들의 수급과 몸통을 잘라갔다.

비명도 없었다.

절규도 없었다.

언제, 어디서 날아든지도 모르는 설운의 검 아래 그들은 영문도 모른 채 죽어갔다.

털썩, 털썩.

곳곳에서 시체 쓰러지는 소리가 들렸다.

혹자는 목이 잘리고, 혹자는 등을 베이고, 혹자는 심장이 뚫린 채, 마인들은 단 한 사람의 생존자도 없이 깡그리 몰살당했다.

이기어검.

인간을 넘어 신을 넘보는 탈인(脫人)의 존재만이 가지는 비기(秘技).

인간을 벗어난 천인의 검은 단 한 사람의 생존자도 용납하지 않았다.

철컥.

빛처럼 공중을 날던 검이 설운의 손 안으로 되돌아왔다.

마치 아무 일도 없었다는 듯, 화산의 경내는 일순 고요에 빠졌다.

설운이 기감을 넓혀 생존자를 찾았다.

그 어디에서도 생기는 느껴지지 않았다.

'됐어.'

이제 누구도 그가 이기어검을 시전을 했음을 알지는 못할 것이었다.

다시 주변으로 새롭게 나타나는 적들의 인기척이 전해졌다.

마음 같아서는 모조리 도륙해 버리고 싶었지만, 저들을 죽일 사람은 자신이 아니었다.

이제 여기서 할 일은 끝났다.

남은 것은 현무당 무사들의 생환뿐.

설운은 적을 등진 채 몸을 뺐다.

"잡아!"

뒤로 자신을 따르는 적들의 목소리가 들렸다.

결코 빠르다 할 수 없는 설운의 걸음을 적들이 뒤쫓기 시작했다.

                    *   *   *

"다 튀었다고?"

불같이 화난 목소리에 사내는 기가 죽었다.

"감히 내가 있는 이곳에 저렇게 분탕질을 해놓고 다 튀어 버렸단 말이지?"

마각주 당우는 화가 머리끝까지 났다.

적이 나타났단 보고를 받고, 회심의 미소를 지었었다.

약속대로 무림맹 무사들이 왔고, 자신은 느긋이 살육을 즐기면 될 것이라 생각했다.

무림맹 놈들은 양쪽으로 협공을 당하게 되어 있었다.

화산에서 자신이, 그 아래로부터는 요당이.

그게 원래 계획이었고, 자신은 그 계획을 따랐다.

그런데 싸우다 도망을 쳤단다.

수십 명의 수하를 죽이고 달아났다고 한다.

'이 괘씸한.'

당우가 얼굴을 붉히며 이를 악물었다.

"어찌할까요?"

"뭘 어떡해! 쫓아서 죽여! 한 놈도 남기지 말고 깡그리 전
부 다!"

당우의 눈에서 불꽃이 튀었다.

"쥐새끼 같은 놈들."

결코 용서하지 않을 것이었다.

*　　　*　　　*

설운은 일행의 맨 뒤에서 일행들이 달아날 시간을 벌어주
었다.

적당히 거리를 유지하며 달리다, 일행들과 가까워지면 몸
을 돌려 마각 무인들과 맞섰다.

성질 급한 각주를 닮아서인지 마각 무인들은 설운의 의도
를 눈치채지 못했다.

아니, 어쩌면 눈치를 챘음에도 설운을 죽이겠다는 의지가
더욱더 큰 것인지도 몰랐다.

설운은 가능한 시간을 끌었다.

일검에 죽일 수 있음에도 불구하고, 설운은 적들에게 치명상을 남기지 않았다.

그렇게 쫓고 쫓기는 상황은 계속 이어졌고, 마침내 현무당 무사들은 어느 정도 안정적인 거리를 확보할 수 있었다.

그리고 얼마 후, 마침내 현무당 무사들은 무사히 무림맹 본진에 합류했다.

살아남아 기뻐했고, 잃은 동료에 슬퍼했다.

그러나 슬픔도 잠시, 그들은 또다시 생사의 결전장으로 나서야 했다.

*　　　*　　　*

"화가 많이 난 모양입니다. 우리 측 행동에 의심도 품은 눈치구요."

동방우의 막사 안, 맹주만의 사적인 공간 안에서 낯선 목소리가 들렸다.

"이제 와서 어쩌겠어? 신경 꺼. 어차피 내일이면 다 끝날 일이야."

담담한 동방우의 목소리였다.

"하긴 그렇군요. 그럼 전 이만 가보겠습니다."

"그래. 가봐."

인기척이 사라지고 대화가 오고 가던 막사 안에 정적이 감돌았다.

동방우는 가만히 눈을 감은 채 내일 있을 결전을 그려보았다.

격렬한 전투가 될 것이었다.

많은 자가 죽을 테고, 전장은 피 냄새로 가득 찰 것이었다.

그러나 안타까운 마음은 없었다.

근원을 살펴보면 무림맹에 자신의 편은 없었다.

누가 죽든 아쉬울 것이 없는 상황, 다만 내일 있을 마각주 당우와의 결전만이 그의 유일한 관심사였다.

동방우는 내일의 결전에 대해 걱정하지 않았다.

비록 마각의 힘, 귀전의 머리라는 말이 있긴 했지만, 그도 다 옛말이었다.

마각의 힘과 귀전의 머리를 합쳐도 요당의 참된 능력엔 미치지 못했다.

그게 요당이었고, 그 일선에 바로 자신, 동방우가 있었다.

*　　　*　　　*

전투는 다음 날 새벽 마각의 기습적인 공격으로 시작되었다.

만약을 대비해 평소보다 많은 보초를 세워 경계에 만전을 기했지만, 일신의 능력이 탁월한 마각의 무인들은 보란 듯이 경계를 무너뜨리며 무림맹 본진을 유린해갔다.

수적 차이는 컸지만, 개인 기량에서 워낙 차이가 있다 보니 무림맹 진영은 일순간에 무너졌다.

비명이 난무했다.

창졸간에 벌어진 일이라 무림맹 무사들이 미처 대비도 하기 전에 이미 그 피해는 적지 않았다.

그러나 그도 잠시였다.

무인지경을 달리는 야생마처럼 무림맹 진영을 유린하던 마각의 무인들은 그들 앞을 막아서는 무림맹 고수들이 속속 등장하면서 거칠 것 없던 기세가 한풀 꺾였다.

그리고 그곳에 설운이 있었다.

처음 마각의 무인들이 무림맹 진영으로 다가올 때, 설운은 그들의 접근을 느낄 수 있었다.

급히 잠든 현무당 무사들을 깨워 적의 침습을 대비했고, 주위를 환기시켜 적의 침입을 알렸다.

그러나 무림맹 진영은 너무 넓게 퍼져 있었다.

적의 기습이 있을 때, 뭉쳐 있는 것보다는 흩어져 있는 것이 피해를 줄이는 방도라는 무림맹 군사 유득(劉得)의 말이 있었기 때문이었다.

그의 말은 일리가 있었다.

만약 무림맹 진영이 좁게 촘촘히 꾸려져 있었다면 그들이 받았을 타격은 지금보다 훨씬 더 컸을 것이었다.

그러나 설운은 못내 아쉬웠다.

만약 진영이 좁았다면 그가 감당할 수 있는 영역이 훨씬 더 넓었을 것이고, 그랬다면 처음 입었을 피해가 오히려 더 적었을 게 분명했다.

"당황하지 마라!"

청룡당주 이인(李寅)의 목소리가 크게 울렸다.

각 당의 당주를 중심으로 방어진을 구축했고, 맹의 주요 고수들이 이리저리 뛰어다니며 적과 치열한 접전을 벌이기 시작했다.

그 중 단연 압권은 설운이었다.

독특한 외모와 기이한 행동으로 맹의 관심을 받고 있던 그는, 맹의 무사들 앞에서 처음으로 그의 가공할 신위를 선보이며 맹의 반격을 주도하고 있었다.

설운은 하얀 화선지 위에 떨어진 먹물과 같았다.

그가 나타나는 어느 곳이든, 그는 확실하게 자신의 영역을 확보해 갔다.

흰 바탕 위로 번져가는 검은 먹물처럼, 그는 자신의 세력권을 넓히며 맹의 무사를 돕고 있었다.

그는 강했다.

상대가 어떤 능력을 가진 무인이었든, 그는 자신의 뜻대로 상대의 가슴에 검을 찔러 넣었다.

하나가 있으면 하나를, 둘이 있으면 둘을. 그는 상대의 수를 가리지 않고 온 진영을 종횡으로 누비며 상대의 공세에 타격을 주었다.

어두운 밤, 화톳불마저 다 꺼져 오직 별빛만이 지상을 비추는 검은 풍경 속에서 그의 검에 맺힌 선홍빛 검강은 맹의 무사들을 밝혀주는 한 줄기 빛이 되어 무사들의 희망이 되었다.

"잡아!"

다수의 마각 무인이 설운을 잡기 위해 몰려들었다.

그러나 그것은 여름날 등잔을 향해 날아드는 불나방과 같은 행동이었으니, 설운의 가공할 검예 앞에 마각의 고수들은 하나둘 그 생을 마감해야 했다.

*　　　　*　　　　*

"누구냐, 저놈은?"

마각주 당우가 붉어진 얼굴로 설운을 노려보았다.

가히 무적이라 생각했던 자신의 수하들이 추풍낙엽이 되어 날아갔다.

감히 천하 전체를 뒤져도 상대가 몇 없을 것이라 장담했던, 마각의 뛰어난 고수들이 그를 상대하지 못하고 저승의 고혼이 되어 이승을 떠나갔다.

오직 자신의 상대는 동방우 그놈 하나일 것이라 생각했는데 생각지도 못한 강적이 하나 나타난 것이었다.

"그가 누군지 알려 하기 전에 자기 목숨부터 챙기시지."

당우의 등 뒤에서 비웃는 목소리가 들렸다.

"이놈!"

보지 않아도 누군지 뻔한 상대를 향해 당우가 노여움을 표하며 몸을 돌렸다.

"내 혹시나 했지만, 역시 네놈들은 믿을 놈들이 못되었구나."

당우가 요당의 배신을 타박했다.

"알면 왜 그랬소? 실컷 손잡아놓고, 이제와 딴소리하는 건 영 보기에 좋지 않구려."

동방우가 당우의 어리석음을 조롱하며 득의의 미소를 지었다.

"그래. 네놈 말이 맞다. 이렇든 저렇든 선택은 누구도 아닌 내가 내린 것. 그 책임 또한 내가 져야겠지."

당우가 얼굴이 붉도록 치밀던 화를 깊은 호흡으로 다스리곤 동방우의 얼굴을 노려보았다.

"크악!"

주변에서 비명 소리가 끊이지 않았다.

죽고 죽이는 처참한 광경은 언제나 끝이 날지 그 기미가 보이지 않았다.

다만 한 가지는 확실해 보였다.

이 싸움이 끝이 났을 때, 승자의 자리에 서 있는 것은 결코 마각이 아닐 것이라고.

그러나 당우의 생각은 달랐다.

비록 지금 잠시 전황이 밀리는 듯해도 결국 승자는 자신이 될 것이라 믿어 의심치 않았다.

그런 그의 생각엔 그 나름의 근거가 있었다.

"이길 것이라 믿고 있지? 이대로 날이 새면 네놈만 살아남아 이 땅 위에 두 발 딛고 서 있을 것 같지? 크크. 우습구나. 그리고 가련하구나. 잠시 후도 보지 못하고 잠시의 승리에 우쭐해 있는 네놈의 모습이 참으로 가소롭구나. 크하하하하."

당우가 크게 고개를 젖혀 앙천대소를 터뜨렸다.

당우의 변한 모습에 동방우는 왠지 오싹한 기분이 들었다.

전황은 확실히 자기들 쪽으로 기울었다.

혹시나 싶어 데려왔던 요당의 절대고수들을 내보이지 않아도 될 정도로 마각은 힘을 잃어가고 있었다.

예상치도 못한 현무당 고수의 등장 덕분이었다.

한데 당우의 저 표정은 무엇일까?

눈이 있으면 뻔히 보이는 이 상황에서 저자가 보이는 저 뻔뻔한 자신감은 대체 무엇이란 말인가?

미친 걸까? 아니면 그가 믿는 또 다른 구석이라도 있는 걸까?

"크크. 네놈 잔머리 굴리는 소리가 여기에까지 들리는구

나. 누가 요당 출신 아니랄까 봐 하는 짓마다 쥐새끼를 꼭 빼다 닮았구나."

상황에 의문을 품던 동방우를 보며 당우가 큰 소리로 그를 비웃었다.

"실컷 보아두거라. 이게 네놈이 보게 될 마지막 풍경일 것이니. 죽어 저승에서 후회하지 말고 실컷 보아두거라. 크하하 하하하."

밤의 어둠 속에서 당우의 번뜩이는 안광은 더욱 강렬했다.

광기로 보이진 않았다.

분명 그는 믿는 구석이 있는 것이었다.

제9장

월천망아(越泉忘我)

　황천(黃泉)을 건너 나를 잊어서라도 당신의 목숨, 내 꼭 끊어드리리다.

＊　　　＊　　　＊

　무림맹과 마각의 전투가 치열하게 벌어지고 있던 그 시각, 백리세가의 백리현은 자신의 처소인 승룡각에서 잠을 잊은 채 한 권의 책을 읽고 있었다.
　전마비록(戰魔秘錄).
　얼마 전, 막가 비고의 수많은 책 중에서 우연히 발견하게 된 전대 고서였다.

처음 무림비급을 탐독하는 데 열중했던 그는, 더 이상 읽을 비급이 없어지자 마치 서고를 방문하듯이 가끔 비고에 들러 이런저런 책자를 꺼내 읽기 시작했다.

마각 비고엔 수많은 종류의 서적이 있었다.

시기를 계산해 보면 얼추 오백 년 정도 된 오래된 책들이었지만, 당대에는 쉽게 구하기 힘든 희귀한 책자가 많이 있었다.

며칠 전, 그가 집어 든 책이 전마비록이었다.

전마라는 단어가 주는 강렬한 어감에 이끌려 책을 집어 들었는데, 놀랍게도 그 안엔 천하가 몰랐던 엄청난 전대 비사가 들어 있었다.

―황천을 건너 나를 잊어서라도 당신의 목숨, 내 꼭 끊어드리리다.

백리현을 놀라게 했던 마각의 비록은 그 문구로 끝나 있었다.

탁.

백리현은 마지막 책장을 넘긴 후 책을 덮으면서 살짝 상기된 자신의 얼굴을 느낄 수 있었다.

'그랬던 거였군.'

놀랍고도 대단한 이야기였다.

전마.

마각의 시조.

그가 남긴 얇은 책자 속의 내용은 세상에 대한 백리현의 시
각을 완전히 바꾸어놓았다.

백리현이 전마비록의 표지를 손으로 가볍게 쓰다듬었다.

'이 말이 사실이라면, 천하는 사람들이 알던 것과는 전혀
다른 세상이었구나. 참 대단한 이야기야.'

백리현이 창을 통해 밖을 바라보았다.

아마 지금쯤이면 무림맹과 마각의 혈전은 절정으로 치닫
고 있을 것이었다.

'그들은 알까?'

백리현이 혼잣말을 하고는 고개를 저었다.

'어쨌든 준비를 해야겠군.'

백리현은 야심이 큰 인물이었다.

가진 능력을 다 보이지 않으면서 백리세가 안에 들어앉은
채 때를 기다리고 있었다.

이제는 한번 세상을 향한 행보를 시작해 볼까 싶었는데.

'아니야.'

백리현이 고개를 저으며.

'아직은.'

한 번 더 때를 기다리기로 마음을 먹었다.

동방우를 비웃으며 크게 웃던 당우가 입에 손가락을 대고 휘파람을 불었다.

삐이이이익!

휘파람 소리는 밤하늘을 날아 장내 모든 마각 무인에게 전달되었다.

그 소리에 마각 무인들이 모두 치열하게 치르고 있던 전투를 멈추고 뒤로 물러섰다.

"뭐지?"

상대의 일격을 가까스로 막아내고, 놀란 가슴을 달래던 위염이 갑작스런 마각 무인들의 행동에 두 눈을 동그랗게 떴다.

"무슨 짓이오?"

동방우가 조금은 긴장한 얼굴로 당우를 바라보았다.

그와 마각 무인들의 행동이 심상치 않음을 느꼈던 것이었다.

"말했잖느냐? 이제 네놈과 저들 모두의 목을 취하려 하는 것이지."

사악한 웃음 너머로 보이는 당우의 핏빛 살기가 동방의 피부를 따끔거리게 만들었다.

"기대하거라. 죽어서도 잊지 못할 놀라운 광경을 직접 보게 될 테니. 크크크크크."

당우가 동방우에게 말을 남기며 서서히 신형을 허공으로 띄웠다.

동방우는 안으로 내기를 주천시켰다.

아무래도 돌아가는 분위기가 심상치 않았다.

무슨 일이 어떻게 벌어질지 모르는 상황에서 만일의 일을 대비하려는 것이었다.

마각의 무인들은 전장에서 완전히 물러났다.

자연히 무림맹과 마각은 각각 떨어져 서로를 대치하는 형세가 되었다.

변하는 주위 상황에 민감해진 것은 설운 또한 마찬가지였다.

마각 무인들의 모습으로 보아, 뒤로 후퇴하는 모양새는 아니었다.

오히려 그들에게서 느껴지는 기운은 더욱 강한 살의와 전의(戰意)였다.

설운이 한 손에 검을 든 채 차분히 돌아가는 상황을 예의주시했다.

뭔가 일이 벌어지려 하고 있었다.

*　　　*　　　*

힘.

마각이 추종하는 절대 명제는 바로 힘이었다.

처음 탄생했을 때부터 지금까지, 그들의 오롯한 하나의 목적은 힘, 오직 그것뿐이었다.

그들은 그 한 가지 목적을 위해 할 수 있는 모든 것을 다 해 왔다.

무공뿐만이 아니라, 천하 곳곳에 산재해 있던 온갖 사악한 비법과 대법까지 모조리 찾아내어 힘을 기를 수 있는 모든 방법을 연구해 왔다.

그 하나의 결과가 황노의 마령시였다.

그래서인지 마각의 무공은 특이한 점이 많았다.

일반적인 여타 무공과는 다르게 연공하는 방법들이 매우 다양했다.

그중 가장 뛰어난 무공 일곱 개를 특별히 따로 떼어내어 마각칠공이라 했으니, 그것은 시조 전마의 독문 무공을 기반으로 대를 이어 수정에 수정을 거듭하면서 탄생하게 된 강호 절대마공들이었다.

구유수라공은 그중 핵심 마공이었다.

전마의 이루지 못한 비원(悲願)이 담긴 절대마공.

*   *   *

허공에 솟구친 당우의 주변으로 네 사람의 노인이 모습을 드러냈다.

　전날 대야평 혈겁에서 당우와 함께했었던 그 노인들이었다.

　허공에 떠 있던 네 노인이 공중을 부양하여 사방으로 흩어졌다.

　마치 눈 아래 모든 사람을 포위라도 하는 듯이 네 노인은 동서남북 사방을 점령한 채 유령처럼 공중에 머물러 있었다.

　무림맹 무사들은 하나같이 긴장했다.

　저들이 보여주고 있는 저 단순한 광경에서 그들은 저들 네 노인의 무위를 충분히 짐작하고도 남음이 있었던 것이었다.

　고수라면 몸을 허공에 띄울 수 있다.

　적게는 반 장에서 많게는 수십 장까지.

　절대지경에 들어선 고수라면 하늘에 머물 수도 있었다.

　이른바 능공허도란 것이었다.

　하지만 인간이 새가 아닌 이상 그 머무르는 시간엔 한계가 있었다.

　그런데 저들 네 노인은 이미 그 한계를 넘어서고 있었다.

　마치 공중 바닥에 보이지 않는 발판이라도 있는 듯, 저들은 아무 어려움 없이 허공에 떠 있는 것이었다.

　동방우 또한 긴장하긴 마찬가지였다.

　삼화경에 든 자신의 경지로 미루어 볼 때, 저들이 보이고 있는 신위가 얼마나 대단한 것인지 잘 알기 때문이었다.

물론 자신 또한 저들이 보이는 모습을 보일 수 있었다.

그러나 자신은 혼자였다.

그래서 그것이 큰 문제가 될 수 있었다.

비록 이 자리에 요당의 고수들이 숨어 있다고는 해도, 그들 중 자신보다 나은 무위를 가진 자는 없었다.

문제가 될 인물은 마각주 당우뿐이라 생각했는데, 요당의 정보가 틀렸다.

$$*\qquad *\qquad *$$

설운이 은밀히 사람들의 뇌리에 음성을 심었다.

자신의 능력이 미치는 모든 무사에게 자신의 뜻을 전했다.

청룡당주 이인을 비롯한 근처에 있던 무사들이 깜짝 놀란 얼굴로 설운을 바라보았다.

심어.

귀가 아닌 머리를 울리는 전설의 비기에 모두가 놀란 탓이 었다.

[물러나시오. 당황하지 말고 조금씩, 천천히.]

동요하는 무사들을 안정시키며 설운이 그들의 안전을 도모했다.

느낌이 좋지 않았다.

딱 꼬집어 말할 순 없었지만, 저들 네 노인이 보여주는 광경은 마치 거대한 폭풍을 예고하는 고요함과 같았다.

설운이 기를 해방시키고는 손을 뻗어 주변에 떨어져 있던 검을 집어 들었다.

그 수는 모두 세 개.

자신의 검까지 모두 네 개의 검을 손에 쥔 설운은 여차하면 검 네 개를 모두 날려 저들 노인을 상대할 생각이었다.

심상찮은 적의 모습, 어쩌면 대형 참사가 일어날지도 모른다는 판단에서였다.

더 이상 다른 것을 생각할 여유는 없었다.

무엇보다 중요한 것은 사람들의 목숨이었다.

*　　*　　*

허공에 떠 있던 당우가 자신의 오른쪽에 있던 노인에게 눈짓을 했다.

그러자 큰 키에 앙상한 몸을 가진 그 노인이 감정 없는 눈으로 당우에게 고개를 끄덕이더니, 천천히 동방우의 머리 위로 신형을 옮겨갔다.

그리고 한순간, 노인이 사라졌다.

*　　*　　*

"뛰어!"

설운의 입에서 다급한 목소리가 터져 나왔다.

그리고 손에 든 검 중 하나를 자신의 왼쪽 허공 위로 날려 보냈다.

콰콰쾅!

천둥 벼락이 치는 소리가 들리고, 허공 어디쯤에서 폭발이 일어났다.

노인들의 움직임을 예의 주시하고 있던 설운이, 허공에 떠 있던 노인들이 보인 작은 변화를 놓치지 않고 그들의 공세를 막아간 것이었다.

땅으로 내려꽂히는 노인들의 공세와 아래에서 막아간 설운의 방어가 공중 한가운데에서 부딪히며 막대한 충격파를 사방으로 발산했다.

"아악!"

"으악!"

직격탄은 막았으나 충격의 여파 또한 보통을 넘어, 수많은 무사가 비명을 지르며 쓰러졌다.

"차앗!"

설운이 표정이 사라진 얼굴로 기합성을 토해냈다.

화악!

설운의 몸 전체로 기가 터져 나왔다.

이전, 혈령마기가 보이던 검붉은 마기와는 다른 은은한 붉은빛의 기운이었다.

설운이 손에 쥔 검 모두를 허공에 띄웠다.

이어 아래 무사들을 향해 쏟아지는 무형의 기세를 허공에 띄운 검으로 차단해 갔다.

곳곳에서 붉은빛이 번뜩이고, 귀를 울리는 섬뜩한 공명음이 무사들의 내기를 진탕시켰다.

"아악!"

그 와중에도 무사들이 죽어갔다.

마치 전장에서 일방적으로 학살되는 민간인처럼, 무림맹 무사들은 변변한 저항 한 번 못 해보고 속절없이 죽어나갔다.

"빠득!"

이를 가는 소리에 이어 설운의 붉은 기운이 더욱 선명해졌다.

살육의 현장에 어울리지 않는 청아한 향기에 이어 허공에 거대한 검막이 피어났다.

대지를 크게 뒤덮는 거대한 붉은 검막.

설운이 마침내 자신의 모든 것을 드러낸 것이었다.

*   *   *

동방우는 온몸에 피 칠을 한 채 비틀거리며 서 있었다.

이 자리 누구보다도 강할 것이라 믿었지만, 허공에 떠 있던 노인 하나의 일수를 감당해 내지 못했다.

"쿨럭!"

입으로 튀어나오는 시커먼 선혈 속으로 부스러진 내장이 섞여 있었다.

"마각이 왜 마각인 줄 잊었더냐?"

당우가 서서히 땅으로 내려서며 동방우의 면전으로 다가갔다.

"네놈이 요당의 사람이라면 누구보다 그 사실을 잘 알 터. 우습구나. 조금의 성취에 자만하여 자신들의 본분조차 잊은 모습이라니. 크하하하하."

"이… 건, 무엇… 이오?"

눈에서 생기가 빠져나가는 동방우가 자신이 당한 것에 대해 물어왔다.

보지 못했다.

느끼지도 못했다.

자신을 향해 다가오던 노인이 한순간 사라졌다는 것 외엔, 그가 알 수 있는 게 없었다.

"구유수라. 그분께서 남기신 위대한 절학이지."

"구유… 수라."

언뜻 들은 기억이 났다.

마각 최고, 최후의 절공이라고.

오직 한 가지 목표를 위해 수백 년을 이어온 마각의 절대마공이라고.

"삼 년 전, 마침내 우리는 구유수라공을 완성할 수 있었다. 그동안에 불완전했던 구유수라공을 수백 년 노력 끝에 완성한 것이야. 이제, 우리는 무엇도 두렵지 않다. 너의 요당도, 귀전도, 마신궁도, 그리고……."

당우의 핏발 선 두 눈에 마기가 가득했다.

"잘 가거라. 분수를 몰랐던 어리석은 것."

"크윽."

동방우가 짧게 비명을 지르며 자신의 몸을 내려다보았다.

가슴을 뚫고 들어와 있는 당우의 피 묻은 팔뚝이 눈에 보였다.

"끄으……."

마지막 숨이 나가는 소리를 내며 동방우가 눈을 감았다.

이 년, 짧으면서 길었던 영광을 뒤로하고, 한 무인이 세상을 떠난 것이다.

          *   *   *

머리를 산발하고 장포를 펄럭이면서 설운이 허공으로 몸을 띄웠다.

두 눈에 번뜩이는 붉은 광망이 뇌전처럼 사방으로 퍼져 나갔다.

아래 무사들을 공격하던 두 노인이 하던 공격을 멈추고 설운을 향해 몸을 돌렸다.

감정 없는 두 눈에 표정마저 사라진 얼굴이 도무지 인간처럼 보이지 않았다.

'강시인가?'

두 노인의 얼굴을 보며 강시를 의심했다.

하지만 저들의 몸에 흐르는 생기는 죽은 자의 것이 아니었다.

'하지만.'

살아 있다고 보기도 힘들었다.

감정도, 표정도 완전히 죽어버린 저런 존재를 피가 돈다고 해서 살아 있는 존재라고 할 수 있을까?

아무것도 느끼지 못했다.

처음 허공에 나타났을 때부터 저 노인들에게서는 아무것도 느낄 수가 없었다.

설운을 능가하는 강자라는 뜻은 아니었다.

그들이 땅 위의 무사들을 공격하기 전, 그들의 움직임을 읽고 대응할 수 있었으니 말이다.

다만 저들에게선 사람이 기본적으로 풍기는 그 어떠한 것도 느낄 수 없었다는 뜻이었다.

살아 있으되 죽은 자, 죽었으되 살은 자.

생전 처음 접하게 되는 기묘한 존재들에 설운의 의혹은 커져만 갔다.

월천망아.

마각 최후의 비물(秘物)인 저들의 존재를 설운은 아직 모르고 있었다.

*   *   *

설운의 검막 덕에 한숨을 돌린 무림맹 무사들은 달리던 걸음을 멈추고 공중을 올려다보았다.

자신들을 위협하던 괴물 같은 두 노인과 그들에 맞서 있는 설운의 모습이 보였다.

모두의 마음은 똑같았다.

자신들을 살리기 위해 고군분투(孤軍奮鬪)하던 설운에 감사하는 마음이 그 하나였고, 감히 상상도 해보지 못했던 천상(天上)의 신위(神威)에 경외감을 품은 것이 또 하나였다.

천예(天藝), 하늘의 기예를 가진, 무황(武皇), 무의 지존.

비록 아직은 그들 개개인의 마음속에 들어 있는 생각이었지만, 언젠가 설운은 그 이름 위에 천하의 존경과 흠모를 받게 될 것이었다.

사람들은 위험한 순간임에도 자리를 떠나지 않았다.

지금이라도 달아난다면 목숨을 구할 수 있을지도 모르는

데, 누구 하나 자리를 떠나는 자가 없었다.

그들은 다 같은 마음으로 기원했다.

지금 자신들 머리 위에서 천고(千古) 악적(惡敵)을 맞이한 그들의 영웅이 부디 악적을 이겨 자신들과 세상을 구해주기를.

*　　　*　　　*

"월천망아라……. 좋구나."

전장 인근 바위 위에 노인 하나가 앉아 있었다.

"천화경의 극이라, 더욱 좋구나."

무엇이 좋은지 노인은 얼굴 가득 흡족한 웃음을 지으며 설운과 두 노인을 보고 있었다.

"이젠 정말 때가 된 듯하구나. 어쩌면 내가 그토록 원하던 바람이 이루어질지도 모르겠어."

노인이 고개를 끄덕이며 웃음을 지었다.

한없이 기쁜 마음에 절로 피어나는 웃음.

하지만 노인의 유리알처럼 투명한 눈동자엔 얼굴의 웃음이 스며들지 않고 있었다.

*　　　*　　　*

'하나라면 필승. 둘이라면 백중세. 셋이라면……?'

설운이 내기를 고르며 적과 자신의 힘을 견주어보고 있었다.

상대 노인들의 기세가 강하다 하지만, 설운이 감당할 수 있는 범위 안이었다.

일대일의 대결이라면 무조건 승리를 장담할 수 있었다.

하지만 둘 이상은 설운도 감히 함부로 판단내릴 수 없었다.

설운이 감당해야 할 노인의 수는 셋. 마각주 당우까지 포함한다면 모두 넷의 절대고수를 상대해야 하는 것이었다.

'이길 수 있을까?'

설운이 자신의 주변에 떠 있는 네 자루 검을 보며, 상대와 자신의 승패를 가늠해 보았다.

'셋은 어렵다. 그렇다면.'

설운이 상대의 전력에 대한 판단을 마쳤다.

셋을 한꺼번에 상대하는 것은 분명 무리였다.

결론은 하나.

'속전속결. 각개격파.'

적이 모이기 전에 먼저 쳐야 했다.

설운의 주위에 떠 있던 검 한 자루가 뇌전을 능가하는 속도로 폭사되어 갔다.

눈으로 잡을 수 없고, 기로도 느낄 수 없는 절대신공.

설운의 마음을 따라 한 노인을 향해 폭사된 검이 태산 같은 경력을 품고 노인의 가슴을 파고들었다.

쿠앙!

검과 사람의 몸이 낼 수 없는 소리가 나며 노인의 가슴에서 불꽃이 튀었다.

'예상했던 일.'

설운이 응당 그럴 줄 알았다는 듯이 조금의 동요도 없는 모습으로 두 번째 검을 노인에게 날렸다.

쾅!

다시 폭음이 울리고 노인의 가슴에서 또 한 번 불꽃이 튀었다.

가슴을 격중당한 노인이 그래도 충격은 있었는지 상체를 뒤로 휘청거렸다.

'한 번 더.'

세 번째 검이 다시 노인에게 날아갔고.

쿠아앙.

이전과는 분명 다른 소리가 나며 노인의 몸이 크게 숙여졌다.

고오오오오.

상대라고 놀고 있는 것은 아니었다.

격중당한 노인 옆에 있던 또 다른 노인이 눈에 보이지 않는 엄청난 속도로 설운의 곁에 다가섰다.

노인의 장심에 달걀만 한 광구(光球)가 맺혔고, 노인은 그

손 그대로 설운의 가슴을 쳤다.

절체절명의 순간, 하지만 설운은 동방우가 아니었다.

비록 동방우는 노인의 빠른 움직임을 인식하지 못했지만, 설운은 노인의 움직임이 속속들이 눈에 들어왔다.

설운이 옆에 있던 검 하나를 다시 같은 노인에게 날려 보내고는 자신을 공격하는 노인의 손을 피해 귀신처럼 몸을 돌려 노인의 등 뒤에 섰다.

극에 이른 이형환위의 신법이었다.

쿠아앙!

검에 격중당한 노인이 실 끊어진 연처럼 땅을 향해 추락하는 것과 설운이 또 다른 노인의 등에 일장을 치는 것은 거의 동시에 벌어진 일이었다.

퍼억!

등을 가격당한 노인이 허리가 뒤로 넘어간 채 앞으로 튕겨 나갔다.

설운이 지체 없이 튕겨져 나간 노인의 뒤로 일검을 폭사시켰다.

파바박.

검에 실린 기운이 노인의 등을 파고들며 기이한 소리가 났다.

이전, 단순히 검을 날리던 것과 달리 이번에 설운은 검에 자신의 뜻을 심어 짧고 무수한 검의 진동으로 노인의 몸에 상처를 입히려 했던 것이었다.

우웅.

하지만 설운은 더 이상 검에 자신의 기를 충분히 실을 수 없었다.

땅으로 추락하던 노인이 몸을 돌려 설운을 향해 공세를 취했기 때문이었다.

*　　　*　　　*

"쯧쯧. 아니야. 너는 그렇게 싸움터를 전전했으면서도 여전히 모자란 게 많구나. 힘을 남기는 것은 뒤의 여지를 보고 판단해야 하는 법. 무조건 아낀다고 좋은 게 아닌 것을."

투명한 노인의 눈동자에 질책의 의미가 담겼다.

그는 설운의 정체를 아는 듯했다.

아무리 역용술로 얼굴을 바꾸었지만, 노인의 예리한 눈을 피할 수는 없는 모양이었다.

"다 쓰거라. 그래야 채워질 테니."

노인이 인자한 표정으로 설운에게 따스한 충고를 전했다.

그 옛날, 그의 눈이 보통의 사람들과 같았을 때, 다른 이들처럼 그 역시 가지고 있었던 인간의 감정이 극히 미세하게나마 되살아나는 것 같았다.

하나 식어 있는 눈동자는 그것이 착각이었음을 말해주고

있었다.

*   *   *

 '역시 욕심이었나?

 아래에서 올라오던 노인의 공세를 가까스로 피해낸 설운이 검 두 자루로 자신의 주위를 방어하면서 아쉬움을 느꼈다.

 아직 선공의 묘는 살아 있긴 했지만 홀로 둘을 상대하는 것은 이것이 다였다.

 당하진 않겠지만, 거꾸로 상대를 물리칠 수도 없었다.

 전력을 다해 모든 것을 쏟아낸다면 아무리 저들 노인이 강하다 해도 한 명은 물리칠 자신이 있었다.

 그러나 둘을 이길 힘은 모자랐다.

 그래서 힘을 아껴야 했고, 힘의 배분에 신경 써야 했다.

 그런데 그래선 끝이 보이지 않았다.

 이기지도, 지지도 않는 끝없는 싸움은 결국 자신의 패배로 이어질 것이었다.

 자신은 혼자였지만, 적은 둘이 아니니 말이다.

 설운이 잠시 숨을 고르며 주변을 보았다.

 등을 가격당했던 노인이 다시 자기 쪽으로 다가오고 있었고, 땅으로 추락했던 노인은 어느새 다시 허공에 올라 설운과 마주하고 있었다.

거기에 반대쪽에서 또 다른 노인이 모습을 드러냈다.

이대로면 필패. 변화를 모색해야 하는 시점이었다.

*   *   *

"찬 달은 기울고, 기운 달은 다시 차게 마련. 비우거라. 그래야 다시 채워질 것이니."

*   *   *

설운은 아래를 내려다보았다.

수천에 가까운 군중이 자신을 올려다보고 있었다.

도망가라 그렇게 소리쳤건만, 저들은 그 자리에 서서 자신을 보고 있었다.

'어리석은 사람들.'

예전 궁의 혈령으로 천하를 종횡하던 때가 생각났다.

귀전의 본진을 치고, 그들의 사악한 간계에 천하무림인의 추격을 받던 때가 있었다.

엄밀히 말해 무림강호와 자신은 직접적으로 상관이 없었거늘, 그들은 귀전의 간계에 놀아나 죽기를 각오하고 자신에게 달려들었었다.

죽였다.

덤벼드는 자 하나도 남기지 않고 모조리 죽였다.

그땐 그게 당연했다.

자신은 죽이기 위해 태어난 사람이었고, 한순간도 자신의 본분을 잊은 적이 없었다.

혈령귀마라는 달갑잖은 악명을 얻긴 했지만, 그 따위 것에 신경 쓸 자신이 아니었다.

그때 강호무림인들을 보며 설운이 했던 생각은 참으로 어리석은 자들이란 것이었다.

자신의 주제도 모르고, 가능하지 않은 일을 가능하다 여기며, 하나뿐인 목숨을 먼지와 함께 날려 보냈다.

목숨은 귀한 것이다. 소중한 것이고.

여분이 없는 그 하나의 귀한 목숨을 왜 그때 그들은 그렇게 쉽게 저버렸을까?

'하긴.'

생각해 보니 자신도 마찬가지였다.

사부가 명을 내리면 그 명을 수행했다.

처음부터 모든 것을 이룬 채 나섰던 강호행은 아니었으니, 도중에 위험한 고비가 얼마나 많았을까.

이기고, 견디었기에 살아 지금까지 올 수 있었다.

―웃기지 마!

다문경을 향했던 살의가 떠올랐다.

그는 죽일 마음이 없었음에도 자기 스스로가 죽음의 길로
한 발을 내디뎠다.

왜 그랬을까?

—그건 너의 운명이다.

사부는 그것을 운명이라 했다.

사부의 명에 복종하는 것이, 그리고 죽이고 또 죽여야 하는
삶이, 사부는 자신에게 내려진 숙명이고 업이라 했다.

'과연 그런가?'

설운은 고개를 저었다.

문득 생각이 났다.

만약 그때 다문경을 만나지 않았다면 자신의 삶은 어찌 되
었을지.

목숨이 소중하고, 사람이 소중함을 과연 알게 되었을까?

이런저런 생각에 젖어 있던 설운이 가지고 있던 네 자루의
검 중 단 하나만 남기고 나머지 모두를 땅에 버렸다.

살리는 삶도 나쁘지 않았다.

죽이는 삶에 비해 훨씬 어렵고 복잡한 길이었지만, 살리는
기쁨은 죽이는 쾌감보다 몇 배는 더 훌륭한 것이었다.

설운은 네 노인을 보았다.

하나같이 강한 존재.

저들 중 최소 하나 이상은 제거해야 한다고 마음을 먹었다.

적어도 아래에서 자신을 보고 있는 군중이 한 명이라도 더 살아갈 수 있게, 적의 힘을 줄여야 한다는 생각이 들었다.

'정상적이면 하나. 무리하면 둘.'

설운은 마음을 굳혔다.

'최소한 둘은 데리고 간다.'

네 노인을 둘러보는 설운의 입가에 예의 어색한 미소가 맺혔다.

*　　　*　　　*

설운을 향해 다가가던 세 노인과 그것을 보고 있던 당우가 잠깐 멈칫거렸다.

이제껏 누가 낫다 할 수 없이 팽팽한 균형을 유지하던 싸움에 서서히 변화의 바람이 부는 것이 느껴졌기 때문이었다.

그 바람의 시발점은 설운이었다.

붉게 타오르던 설운의 기운이 천천히 사그라졌다.

폭풍처럼 물결치던 기운이 봄바람처럼 잔잔해졌고, 그의 주변을 맴돌던 네 자루의 검도 한 자루만 남긴 채 모두 땅으로 떨어졌다.

"힘이 다한 것인가?"

현무당주 위염이 안타까운 표정으로 설운을 올려다보고 있었다.

"하긴 일수를 내치기도 어렵다는 그 이기어검을 저렇듯 반복해서 시전했으니……. 어쨌든 저자의 무공은 실로 하늘을 덮을 가공할 것이구려."

청룡당주 이인이 감탄과 걱정이 서린 얼굴로 탄식을 했다.

차앙.

어디선가 검명이 울렸다.

"어디 한번 해보자."

하소아가 손에 검을 빼어 든 채, 눈에 힘을 주었다.

여차하면 달려들 생각이었다.

경지가 모자란 그의 눈에도 설운과 네 노인의 대결은 설운이 불리한 쪽으로 흐르고 있었다.

만약, 그리되지 않기를 바라지만, 설운이 죽는다면 적의 공세가 다시 시작될 것이 분명했다.

맹주가 이미 죽었고, 설운마저 없는 상황이라면 죽음은 필연적인 수순. 그러나 그것이 두려워 이 자리를 피하고 싶은 생각은 없었다.

죽을 생각이었다.

죽을 각오였다.

죽음이 뻔한 길이었지만, 적어도 자신은 물러서지 않을 생각이었다.

싸울 것이었고, 장렬히 죽어갈 것이었다.

차앙,

챙.

마음이 통했을까, 곳곳에서 검을 뽑는 소리가 이어졌다.

사람은 다르나 수천의 군중이 품은 마음은 하나였다.

결사.

군중의 강한 의지는 오롯이 퍼져 무림맹 무사들의 식어 있던 마음에 뜨거운 불길로 되살아났다.

＊　　　＊　　　＊

"이제 끝을 봅시다."

설운이 한 손에 검을 든 채 양팔을 벌려 가슴을 활짝 열었다.

몸 안에 있던 모든 내기를 한 줌도 아끼지 않고 모두 끄집어냈다.

두두둑.

근육 뒤틀리는 소리와 함께 설운의 얼굴이 변하기 시작했다.

그의 변용을 유지해 주던 자그마한 내기마저 설운이 모조리 끌어모았기 때문이었다.

"네놈이었더냐?"

변한 설운의 얼굴을 보고 당우가 얼굴을 붉혔다.

어찌 잊을까, 저 얼굴을.

자신의 뺨에 난 이 지렁이 같은 상처도 모두 저놈이 한 짓이거늘.

"하하하. 잘되었다. 정말 잘되었어."

붉게 일그러진 기이한 얼굴과 맞지 않는 즐거운 웃음소리가 당우의 입을 타고 흘러나왔다.

"내가 네놈이 죽었다는 말에 얼마나 가슴이 아팠는지 아마 네놈은 모를 것이다. 내 손으로 네놈을 찢어 죽이지 못한 것이 얼마나 한이 되었는지 너는 분명 모를 것이다. 너는……!"

"말 많네."

설운이 당우의 말을 잘랐다.

"그냥 들어와."

설운이 당우를 향해 검을 까딱거렸다.

"잡소린 그만하고!"

"이놈이!"

당우가 발끈하자 설운이 먼저 몸을 움직였다.

방향은 당우가 아닌 세 노인 중 하나.

전신의 힘을 쥐어짜자 온몸의 근육이 터질 것만 같은 압박감이 느껴졌다.

모으고, 모으고, 모으고.

설운은 전신의 내기를 중단전에 집중시켰다.

쌓이고 쌓여 더 이상의 공간이 나지 않을 때쯤, 설운은 검에 모든 진기를 싣고 검을 쏘았다.

"가라!"

활처럼 휘어진 설운의 몸 앞으로 거대한 기운이 방출되었다.

가진 모든 것을 쏟아부은 의지의 한 수.

검은 설운의 모든 기운을 담고 노인의 가슴을 파고들었다.

파앗!

섬광이 피어났다.

노인의 가슴에서 폭사된 섬광이 노인을 덮고 하늘로 솟구쳐 올랐다.

"끼아아아아."

사람의 목소리라 할 수 없는 끔찍한 괴성이 터져 나왔다.

노인이 있던 자리에서 거대한 붉은빛이 사방으로 퍼져 나갔다.

어둡던 밤하늘을 붉게 물들이며 붉은빛은 태양처럼 밝게 빛이 났다.

절세신검(絶世神劍)!

누구도 막지 못할 설운의 절세신검이었다.

*   *   *

모든 게 빠져나간 자리에 공허함만 가득했다.

이제까지 자신을 지켜주던 내기가 사라지고, 남은 건 텅 빈 몸뚱이뿐이었다.

기분이 나쁘진 않았다.

마치 막혀 있던 답답한 가슴이 뻥 뚫리는 기분?

설운이 허공에서 천천히 떨어져 내리고 있었다.

"안 돼!"

무사들이 고함을 질렀다.

그가 보였던 놀라운 무위에 감동했던 것도 잠시, 공중에서 떨어지고 있는 설운의 모습이 무엇을 의미하는지 그들은 잘 알고 있었다.

위염이 평생의 힘을 모아 설운이 떨어지는 곳으로 달려갔다.

저대로 떨어져 땅에 곤두박질하는 것을 보고 있을 수만은 없었기 때문이었다.

하소아가 뒤따르고, 현무당 무사들이 앞을 다투어 달려갔다.

그들이 품은 마음은 모두 같았다.

그를 살려야 한다.

설운은 귓가를 스치는 바람 소리를 들었다.

아쉬움이 남았다.

다문경과의 약속을 끝내 이행하지 못한 것, 밑의 사람들을 제대로 지켜주지 못했다는 자책, 그리고 옥유경.

그러나 곧 설운은 마음을 비웠다.

할 만큼 했다.

미련은 남겠지만, 이젠 버려야 했다.

설운의 몸이 비워지고, 마음이 비워졌다.

육신의 껍데기는 남아 있었지만, 이제 잠시 뒤면 그마저도 사라질 것이었다.

그 순간, 설운의 몸에서 변화가 일었다.

"저게 뭔 일이지?"

떨어지던 설운의 몸이 허공에서 멈추었다.

은은한 붉은빛이 설운의 전신을 감싸고 있었고, 빛은 점점 강해져 사람들의 눈을 부시게 했다.

"또 뭐야!"

당우가 느낀 당혹감은 저들보다 더했다.

기운이 다해 떨어지던 놈에게서 이상한 빛이 어른거렸다.

느낌이 좋지 않았다.

바보같이 그냥 있어서는 안 될 일이었다.

당우의 눈짓에 노인 하나가 설운에게로 날아갔다.

눈 깜빡이는 것보다 더 짧은 시간에 노인은 설운의 곁에 서 있었다.

애타는 무림맹 무사들의 시선을 외면하며, 노인이 설운의 몸에 일장을 쳤다.

그리고 피분수를 뿜으며 노인이 튕겨 나갔다.

"어찌 된 거지?"

당우가 자신이 직접 보고도 못 믿을 일에 두 눈을 희번덕거렸다.

점점 일이 요상하게 틀어지고 있었다.

"곤란해."

어느새 운경의 얼굴을 회복한 설운이 싸늘한 표정 위로 냉소를 머금고 있었다.

"나 아직 안 죽었어."

설운이 서서히 몸을 다시 끌어 올리며 남은 한 노인에게로 다가갔다.

감정 없던 노인의 눈에 처음으로 감정이랄 수 있는 것이 보였다.

그것은 분명한 두려움.

설운이 땅에 떨어진 검 하나를 부르고는 노인을 향해 검을 날렸다.

푸욱!

검은 너무도 부드럽게 노인의 몸을 파고들었다.

불꽃도 소리도 없었다.

천교의 과정을 지나 월천망아에 이르렀던 금강불괴의 단

단한 몸도, 새로이 시전된 설운의 검 앞에선 그 이름이 무색할 뿐이었다.

"대체!"

불과 얼마 사이에 사람이 바뀌었다.

원래도 분명 강한 자였지만, 이젠 감히 자신이 대들 용기조차 안 생길만큼 저 높은 경지 위로 올라가 버렸다.

놀라기는 밑에 있던 무사들 또한 마찬가지였다.

힘겹게 싸우던 설운의 모습이 눈에 선한데 마치 사람이 다른 사람이 된 것처럼 새로운 모습을 보이고 있었다.

"궁금한 것은 염라대왕께 물어봐."

설운이 당우 쪽으로 눈을 돌렸다.

그의 등 뒤로 천천히 검 한 자루가 모습을 드러냈다.

검은 별빛을 받아 영롱한 빛을 뿜고 있었다.

하늘의 별이 담긴 은빛 청강검.

'여기까지였군.'

모든 걸 내려놓은 듯한 당우의 얼굴 위로 은빛 검의 검은 그림자가 드리워졌다.

스윽.

그리고 치열했던 전쟁이 막을 내렸다.

무림맹 출전 무사 이천칠백. 귀환자 일천팔백이었다.

제10장
왜?

　마각과의 전쟁을 승리로 이끈 설운은 무림맹으로 돌아가
지 않았다.

　수많은 무사의 환호와 함성을 뒤로하고 그는 천룡문으로
발길을 돌렸다.

　천룡문주 다문륜.

　그를 만나야 했다.

＊　　　＊　　　＊

　늦은 첫눈이 내린 날, 설운은 천룡문에 도착했다.

첫눈답지 않게 제법 많이 쌓인 눈밭 위로 몇몇의 사람이 나와 설운을 반겨주었다.

"오셨어요?"

누구보다 먼저, 그리고 환히 반겨주는 것은 옥유경이었다.

그녀의 밝은 모습을 보니 지난 며칠간의 혈투가 꿈인 듯 느껴졌다.

설운이 옥유경에게 가만히 고개를 끄덕여 주고는 함께 나와 있던 다문륜을 바라보았다.

의외였다.

그가 마중 나올 줄은 상상도 못했었다.

오히려 혹시나 찾았는데 못 만나면 어떡하나 걱정을 했었다.

문의 사람들도 얼굴 보기 힘들다는 얘기를 들었기에, 못 만난다면 제법 기다릴 각오까지 하고 있었다.

그랬는데 이처럼 오자마자 얼굴을 보게 되니, 걱정했던 자신이 머쓱하게 느껴졌다.

"어서 오게."

"다시 뵙습니다."

"그래, 자네의 소식은 들었네. 대단한 활약을 했다고?"

"과찬이십니다."

"아닐세. 자네의 능력이 뛰어남은 내가 알고, 우리 모두가 알지. 자, 들어가세. 아마 할 얘기가 많을 거야."

다문륜이 입가에 미소를 머금고 설운을 안으로 이끌었다.

*   *   *

다문륜의 거처는 천룡문 내당 안쪽 깊숙한 곳에 위치해 있
었다.

일반인이나 어지간한 지위에 있는 사람이 아니면 발을 들
여놓는 것조차 허락이 안 되는 곳이었다.

다문륜은 작은 전각 하나를 통째로 쓰고 있었다.

그리 크지 않은 크기였으나, 혼자 쓰기엔 조금 넓어 보였
다.

불망헌(不忘軒)라는 현판이 유독 눈에 띄었다.

"그래, 전쟁이 끝난 지도 얼마 되지 않았는데 이리 급하게
나를 찾아온 연유가 무엇인가?"

다문륜이 설운에게 차를 권하며 찾아온 용건을 물었다.

손에 잡힌 찻잔에서 따스한 온기가 배어 나왔다.

"여쭐 게 있습니다."

"뭔가?"

"이미 일전에 한 번 드렸던 말씀입니다."

"일전에 했던 말이라…… 천양옥실을 이르는 건가?"

"그렇습니다."

설운이 고개를 끄덕이며 가만히 다문륜의 눈을 바라보고

있었다.

"얻었는가?"

"네."

설운이 담담한 목소리로 대답을 하였다.

그날, 마각과의 전쟁에서 설운은 죽을 지경에 놓여 있었다.

몸 안의 내기가 다 빠져나가면서 속절없이 죽게 된 상황이었다.

내기가 사라지고 텅 빈 상황에서, 설운은 모든 것을 내려놓았다.

자신이 해야 할 일, 자신이 짊어져야 할 업, 자신이 돌봐야 할 사람, 그리고 그가 했던 약속들…….

설운은 죽음을 앞에 두고 그 모든 것을 다 내려놓았었다.

귓전으로 바람 소리가 들리고, 몸이 한없이 아래로 추락하던 그때, 설운은 가진 것이 아무 것도 없는 온전한 무(無)의 상태에 놓여 있었다.

육신을 제외하면 남은 것이 없는 자, 그게 당시의 설운이었다.

한데.

"단전에서 이상이 느껴지더군요. 본래 내 것이었지만, 내 것이 아닌 것의 느낌. 말로 표현하긴 참 어려운데, 아무튼 참으로 이상한 느낌이었습니다."

추락하던 설운의 단전에서 이상한 일이 일어났다.

남은 내기라고는 한 줌도 없었는데, 단전에서 뜨거운 기운
이 생기기 시작한 것이었다.

"그것은 혈령마기도, 천룡대강기도, 그 둘이 합쳐진 새로
운 기운도 아니었습니다."

단전에 맺히기 시작한 기운은 점차 자라나 설운의 대양과
도 같은 단전을 가득 메웠다.

"처음 느낀 기운이었지만, 어딘지 모르게 익숙한 느낌이었
습니다. 뭘까? 도대체 이것의 정체가 뭘까? 몸에 새로이 기를
운용하며 한편으론 의혹을 풀려 지난 기억들을 되돌려 보았
지요."

새로 생긴 내기는 이전 설운이 지니고 있던 혈령마기나 천
룡대강기와는 근본적으로 다른 힘을 가지고 있었다.

"기의 양도 양이었지만, 그 순수함은 세상 그 어떤 것도 비
교될 수 없을 만큼 정제된 것이었습니다."

효과는 바로 나타났다.

온 힘을 다해 무찔러야 했던 마각의 노인들을, 새로운 기를
받은 설운은 이전보다 훨씬 쉽게 효율적으로 처리할 수 있었
던 것이었다.

"없던 것이 어느 날 느닷없이 생겨날 수는 없는 법이지요.
내가 가지고 있던 것, 그중에 내가 잘 몰랐던 것, 그것을 찾아
보니 기운의 정체가 보였습니다."

"천양옥실이지."

"그렇습니다."

다문륜은 설운의 말을 담담하게 듣고 있었다.

과장된 추임새도, 놀란 표정도 그의 얼굴엔 없었다.

"아시는군요."

"그렇네."

"그렇다면 다시 여쭈어보고 싶습니다."

"말하게."

"이 년 전, 저의 치료에 천양옥실이 필요했습니까?"

설운이 굳은 얼굴로 다문륜을 바라보았다.

질문의 길이보단 그 속내가 중요한 말이었다.

그가 품은 궁금증의 핵심이 될 수도 있는 말이었고.

다문륜은 설운의 물음에 한참 동안 대답이 없었다.

뭔가를 생각하는 듯 찻잔 속만 들여다볼 뿐이었다.

그의 입이 열리고 대답이 나온 것은 그로부터도 한참이 지났을 무렵이었다.

"물론 필요 없었지."

진중한 음성으로 말을 꺼낸 다문륜이 자리에서 일어나 창가로 걸어갔다.

활짝 열린 창문 밖으로 하얗게 눈에 덮인 불망헌 옆 작은 정원이 보였다.

지난여름, 온갖 꽃과 풀로 다채로운 색을 자랑하던 작은 정원은 희고 검은 무채색 빛깔로 옷을 바꿔 입고 있었다.

"자네의 상세가 중했지만, 천양옥실이 필요할 정도는 아니었지. 아니, 천양옥실은 애초에 필요 없었어. 그것의 용도는 그게 아니었으니 말일세."

말을 하는 다문륜의 입에서 입김이 새어 나왔다.

청명한 날씨에 미처 깨닫지 못했지만 몸이 움츠러들 만큼 제법 쌀쌀한 날이었다.

"자네 몸속엔 천룡대강기가 들어 있었네. 내 손자 경이가 자네에게 준 그 기운은 생성과 조화를 근본으로 하는 기운이지. 아마 목이 떨어지지 않은 한, 자네는 숨을 유지할 수 있었을 것이네. 거기에 금침대법과 공청석유까지 더하였으니 오히려 자네가 죽는 것이 이상한 일이었겠지."

"그렇다면 어르신께서 저에게 천양옥실을 주신 것은 순전히 저의 무공을 위함이었습니까?"

다문륜이 고개를 끄덕였다.

"부인하진 않겠네."

"왜죠?"

"그전에 자네는 내가 자네에게 일렀던 말이 생각나는가?"

"자격을 말하심이라면⋯⋯."

"맞네. 자격."

다문륜이 설운을 돌아보았다.

"난 솔직히 고민이네. 지금의 자네는 과연 자격을 갖춘 이

라 봐도 되는지. 마각을 무찌른 자네의 성취는 분명 자격이

있다 봐도 무방할 것이나."

다문륜이 잠시 말을 쉬었다.

잠깐 말이 없던 다문륜이 다시 고개를 돌려 창밖을 바라보

았다.

"솔직한 내 심정으론 아직 때가 되지 않았다고 여겨지네."

"그 자격이란 것이 대체 얼마나 대단해야 하는 것인지요?"

설운의 말에 다문륜이 가볍게 미소를 지었다.

"자네가 상상하는 것 이상."

창밖으로 겨울새가 날고 있었다.

구름 한 점 없이 맑은 파란 하늘 위로 까만 점이 되어 날아

가고 있었다.

"홀로 천하를 상대해도 모자람이 없을 정도는 되어야 한다

고 할까?"

"누가 그런 자격을 갖고 있을지요?"

이치에 맞지 않는 다문륜의 말에 대한 은근한 질책이 담긴

반문이었다.

"그래서 누구도 못 들었다네."

다문륜의 눈이 하늘 너머 어딘가를 보고 있었다.

"아무도……."

묘한 말이었다.

누구도 못 들었다.

"저 아닌 누군가 또?"

설운의 의문은 증폭되었다.

다문륜이 고개를 저었다.

"아니야. 분명 천양옥실은 자네가 가졌던 그게 전부였어."

"제 말 뜻은……."

"방금 전 말했지만, 나는 자네가 이유를 들을 만한 자격이 아직은 못 된다고 보네. 하지만 언젠가는 자네가 그러한 자격을 갖추겠지."

다문경은 설운의 말을 흘리고 자신의 말만 했다.

그러곤 말없이 창밖만 볼 뿐이었다.

설운은 더는 말을 않고 가만히 다문륜을 지켜만 보고 있었다.

분명 다문륜은 할 말이 있었다.

다만 어떤 이유에선지 말을 아낄 뿐이었다.

지금 말없이 창밖만 보고 있는 다문륜은 아마 경치만 보고 있는 게 아닐 것이었다.

얼마 후, 창 너머를 보던 다문륜이 다시 몸을 돌렸다.

은근한 미소가 담겨 있던 얼굴은 진지함으로 바뀌어 있었고, 상대를 꿰뚫어 보는 듯한 강한 눈빛이 두 눈 가득 빛나고 있었다.

"한 가지 물어보세."

"무엇을 말씀이십니까?"

설운이 눈빛을 빛내며 뒷말을 기다렸다.

"지금의 자네와 자네 사부가 비무를 한다면 누가 이길 것 같나?"

다문류의 뜬금없는 얘기에 설운이 잠깐 멍해졌다.

지금 그게 무어 그리 궁금할까?

의도를 알 수 없는 질문이었다.

그러나 그 어느 때보다 진지해 보이는 다문류의 눈빛에 설운이 진지하게 고민을 해보았다.

'사부와 나……'

한 번도 생각해 본 적이 없었다. 사부와 자신이 서로 검을 마주한다는 것은.

설운의 기억에 사부는 언제나 강한 사람이었다.

아주 어릴 적 서부의 손에 이끌려 마신궁에 온 이래로 사부는 언제나 자신에겐 넘을 수 없는 벽과 같은 존재였다.

설운은 새삼 사부에 대해 다시 생각하게 되었다.

사부와 자신.

"아마 사부께서 이기실 겁니다."

"예의상?"

설운이 고개를 저었다.

"아닙니다. 제가 비록 천화경의 끝에 서 있지만, 사부는……."

사부를 한마디 말로 정의를 내리기는 힘들었다.

그러나 한 가지는 확실했다.

사부는 강했다.

분명 자신보다 강했다.

시야를 옮겨 제삼자의 눈으로 살펴봐도 사부는, 그가 보여줬던 그 위엄과 기세는 지금의 자신으로서도 흉내 내기 힘든 것이었다.

"사부의 능력이 어느 정도일지 저는 짐작하기 힘듭니다. 사부가 풍기던 그 높고 아득한 기운은 지금의 저로서도 감히 감당할 수 없을 것 같습니다."

"그런가?"

의미가 심장한 다문륜의 눈빛이 뭔가를 담고 있었다.

"또 하나 물어보지."

"무엇입니까?"

"마신궁은 마각, 귀전, 요당과 끊임없이 싸워왔네."

"그렇습니다."

"우리 천룡문도 마찬가지이고."

"그렇습니다."

"그럼 내 묻지. 왜 그토록 강한 자네 사부는 한 번도 그 싸움에 뛰어들지 않았을까?"

"그건 아닙니다. 사부께선 몸소……."

"그가 직접 무공을 시전하는 것을 본 적이 있던가? 마신궁에서가 아니라, 밖에서."

"그건……."

설운이 곰곰이 자신의 기억을 더듬어보았다.

사부가 출정했다는 말은 들은 적이 있었다.

그러나.

"없습니다."

사부가 직접 손을 썼다는 말 또한 들은 적이 없었다.

"왜일까? 자네나 마신궁의 제자들이 아닌, 자신이 직접 나섰다면 마각이나 귀전, 요당과의 싸움은 진즉에 끝날 수도 있었을 텐데. 우리 천룡문도 마찬가지고."

"다른 곳은 모르겠으나 천룡문은 아무래도 무공의 상성이……."

다문륜이 고개를 저었다.

"틀렸네. 분명 무공엔 상성이란 것이 존재하지만, 반드시 상성에 따라 결과가 결정되는 것은 아니지. 세상 이치가 그렇지 않은가? 물은 불을 꺼뜨리지만, 거대한 불길은 물을 삼켜버리지. 비록 천룡문이 물이라 하나, 자네 사부는 거대한 불길일세. 아니, 멀리 돌아갈 필요도 없지. 자네, 지금의 자네라면 내 말이 무슨 뜻인지 잘 알 텐데?"

설운은 반박할 수 없었다.

그의 말이 옳았다.

지난여름이라면 모르되, 지금의 자신이라면 눈앞의 천룡문주뿐만 아니라 천룡문의 그 누가 오더라도 지지 않을 자신이 있었다.

하물며 사부라면.

"한 가지만 더."

"네."

"사부가 자네보다 약할 수도 있다고 하세. 자네 말처럼 무공의 상성이 강하다고 치세. 그렇다면 또 한 가지 이상한 점이 생기지."

설운은 다문륜의 말을 조용히 귀담아 듣고 있었다.

그가 하는 말 모두 생각할수록 이상한 부분이 있는 말이었기 때문이었다.

"마신궁엔 혈령제가 있네."

혈령제란 말에 설운의 심장이 잠시 두근거렸다.

"누구보다 자네가 잘 알겠지."

설운이 말없이 고개를 끄덕였다.

어찌 모를까? 그 피와 광기의 시간을.

"천하에서 모은 수백의 기재 중 오직 한 명만 남긴다지?"

"그렇습니다."

그날의 참상이 순간적으로 떠올랐다.

보이는 것은 온통 피, 피, 피.

비명과 절규 속에 악귀가 되어 날뛰던 삼백예순넷의 젊은 악귀들.

"왜 한 명일까?"

다문륜이 다시 의문을 던졌다.

"네?"

설운이 저도 모르게 반문을 했다.

"혈령제를 치르는 수백의 아이는 하나같이 뛰어난 자질을 갖고 있는 아이라고 들었네."

"그렇다고 알고 있습니다."

"이상하지 않은가? 그 기재들을 키워 마신궁의 힘으로 삼는다면 보다 더 큰 힘을 지닐 수 있었을 텐데 왜 한 사람만 남기느냐 말일세. 마신궁엔 그들보다 못한 자들도 넘쳐흐를 텐데."

설운은 대답을 하지 못했다.

─오직 한 명만 남는다.

그땐 그것이 당연한 것이라 생각했다.

처음부터 그렇게 정해져 있었으니까.

혈령이란 궁의 검이었다.

강해야 했고, 강해야 했다.

그래서 오직 한 명만 남긴다고 했다.

죽음의 제전에서 살아남는 자, 그 한 사람의 강자만이 혈령의 자리를 이어받을 수 있다고…….

한편 일리 있는 말이었지만, 생각해 보니 또한 이상했다.

'하지만……'

생각하던 설운이 다문륜을 쳐다보았다.

"무엇을 말씀하시고자 함입니까?"

깊게 잠긴 눈이 해명을 원했다.

다문륜은 사부를 이야기하고 있었다.

여러 가지 말을 물어봤지만, 결국은 사부 이야기였다.

왜?

그는 왜 이런 말을 하는 것일까?

"미리 말하는데, 나는 자네와 자네 사부 사이를 이간질하려는 것이 아니라네. 자네와 자네 사부가 등을 돌린다고 해서 내가 이득을 보는 것은 없으니까."

그것은 맞는 말이었다.

지금의 설운은 마신궁의 사람이 아니었다.

그가 보고 있는 것은 오직 하나, 천하만민의 삶.

마각과 싸운 것도, 귀전과 요당을 적대시하는 것도, 모두가 천하를 위함이지 이전처럼 자신이 마신궁의 혈령이라서 싸우는 것이 아니었다.

그렇다면 왜?

"하나 더. 나는 자네 사부를 죽일 순 있지만, 그를 미워하진 않네."

말을 하는 다문륜의 눈엔 많은 것이 담겨 있었다.

"이제 나의 질문은 끝이 났네. 나는 답을 알고 있고, 자네는 아직 답을 모르겠지. 어쩌면 영원히 답을 모를 수도 있고. 하나 언젠가 내 물음의 답을 알게 된다면, 자네는 자네가 내게 물었던 질문의 답을 얻을 수 있을 것일세. 이게 내 마지막 자네에게 해줄 말일세."

그 말을 끝으로 다문륜은 더 이상 입을 열지 않았다.

이전보다 더한 궁금증만을 남기고 둘의 대화는 끝이 났다.

다문륜의 처소를 나서면서 설운은 사부에 대해 다시 한 번 생각하게 되었다.

그리고 그제서야 드는 생각이 있었다.

왜 사부는 자신을 찾지 않을까?

* * *

다문륜의 처소를 나온 설운은 예전 자신이 머물던 처소로 발길을 옮겼다.

지나는 풍경은 예전과 달랐지만, 처소로 향하는 마음은 예전 그대로였다.

뽀드득뽀드득.

걷는 걸음마다 눈 밟는 소리가 났다.

아주 어릴 적, 눈이 내려 쌓이면 뭐가 그리 좋고 신기했던지 하얀 눈 위로 자신의 발자국을 남기곤 했었다.

거의 기억나지 않는 어린 시절, 어렴풋이나마 남아 있는 몇

안 되는 좋은 추억이었다.

지붕에 하얀 눈을 얹을 것을 제외하면 머물던 처소는 그때 그대로의 모습이었다.

반년 정도 떠났을 뿐인데, 아주 오래 전의 일인 것처럼 느낌이 새로웠다.

이 년 이상을 머물렀던 곳, 그러나 불과 몇 달의 기억만 남아 있는 곳.

하지만 그 짧았던 몇 개월이 설운에겐 그 어떤 시간보다 소중하게 남아 있었다.

"식사 안 했죠?"

문을 열고 들어서니 향긋한 음식 냄새와 함께 가슴 설레는 목소리가 들려왔다.

탁자 위에 음식을 차리는 옥유경을 보며 설운이 피식 웃음을 지었다.

"제가 이리로 안 왔으면 어쩔 생각이었습니까?"

"뭐, 혼자 다 먹었겠죠?"

옥유경이 대수롭지 않게 말을 받으며 설운을 탁자로 불렀다.

"왔잖아요."

하얀 김이 오르는 따뜻한 밥공기를 놓으며 옥유경이 작게 속삭였다.

"어쨌든 왔잖아요."

밥공기 옆에 젓가락이 놓였다.

"그럼 된 거죠."

음식들을 가지런히 정리하면서 옥유경이 작은 미소를 보였다.

"드세요."

음식 차리는 것을 마무리한 옥유경이 설운의 앞에 앉아 두 손을 턱에 괴었다.

"왜 내 것만?"

"살쪄요."

옥유경이 새침한 표정을 지었다.

"더 쪄도 누가 뭐랄 사람 없을 듯합니다."

"몰라서 그래요. 여기저기 숨겨놓은 살이 얼마나 많은데."

앙큼한 거짓말이었다.

"같이 들어요. 혼자 먹기 좀 그러네."

설운이 손에 쥔 젓가락을 다시 놓으며 옥유경에게 식사를 권했다.

"살찐다니까요?"

"말도 안 되는 소리."

정말 말도 안 되는 소리였다.

"나 아직 시집 안 갔어요. 적어도 시집갈 때까진 그래도 예쁘게 하고 있어야죠. 아무 생각 없이 이것저것 막 먹다가 시집도 못가고 혼자 살면 어떡해? 안 돼요."

세상에 태어나 들어본 말 중 가장 어이없는 말이었다.

"충분히 예쁘고, 충분히 날씬해요. 그러니 걱정 말고 식사 해요."

"정말요?"

"네."

"아니, 방금 한 말. 예쁘다는 말. 정말이냐구요."

옥유경이 크고 아름다운 눈망울로 설운을 가만히 응시했 다.

아름다웠다.

말로 표현하기 힘들 만큼 옥유경의 모습은 아름다웠다.

설운은 말을 할 수 없었다.

새삼 새롭게 느껴지는 그녀의 아름다움에 설운은 말을 잇 지 못했다.

"거봐요. 아니네."

옥유경이 새초롬한 표정을 지으며 짐짓 삐친 척을 했다.

"아뇨. 아니에요. 예뻐요."

"정말요?"

"네."

설운이 잔잔히 미소를 지었다.

사실은 부족했다.

단순한 예쁘다는 말로는 그녀의 아름다움을 다 표현할 수 없었다.

마음은 그보다 더한 말을 하고 싶었는데, 할 수 있는 말은 그것뿐이었다.

"처음이에요."

처음이었다.

"예쁘다는 말."

그 말을 들은 것은.

"설 공자님, 한 번도 나에게 그런 말 해준 적 없었거든요. 빈말로라도 한 번쯤 해줄 법도 했는데."

하얀 얼굴 위로 까만 눈이 반달처럼 휘어졌다.

"그래서 좋아요."

―좋아요.

설운의 귀에 천둥이 울렸다.

분명 자신을 향해 하는 말이 아닌데도, 심장이 격렬하게 요동치기 시작했다.

세상이 핑 도는 기분이었고, 바보처럼 정신을 차릴 수가 없었다.

옥유경의 충격적인 연타가 이어졌다.

"나 좋아하죠?"

"컥!"

마각 고수와의 목숨을 건 사투에서도 내뱉어본 적 없는 신음 소리가 저도 모르게 튀어나왔다.

속내를 들킨 순진한 사내가 마음의 안정을 잃어버렸다.

머릿속이 하얘지고 정신이 혼미해졌다.

"들려요, 심장 소리. 나를 대할 때면 유달리 빨라지는 설 공자의 심장 소리."

'아.'

잊고 있었다.

그녀가 고수란 것을.

멀리 은신해 있는 자객의 기척도 잡아챌 고수인데, 코앞에 서 들리는 심장 소리가 어찌 들리지 않았을까?

"사실 알면서도 모른 척했어요. 그냥 재밌었거든요. 하늘 을 덮는 무공을 가진, 천하에서 둘째가라면 서러울 강한 사내 가 말 한마디에, 행동 하나에, 그런 순진한 반응을 보인다는 게 너무 귀여웠어요."

설운은 보지 않아도 자신의 얼굴이 벌겋게 달아올라 있음 을 느낄 수 있었다.

천하에서 가장 극악한 독이라도 마신 듯 혈관이 부풀어 오 르는 것이 느껴졌다.

"미안해요."

옥유경의 얼굴이 조금 진지해졌다.

"알면서도 모른 척 그래왔어요."

웃던 옥유경의 얼굴이 조금씩 무표정해지기 시작했다.

그녀의 변화하는 얼굴 모습에 설운 또한 들떴던 마음이 가라앉았으며 원래의 얼굴로 돌아왔다.

"지난여름, 공자께서 떠나고 난 뒤 혼자 생각을 해봤어요. 뭘까? 내가 그동안 공자에게 보였던 모습이 대체 뭐였을까? 분명 나는 마음속에 그리는 정인이 있는데, 공자에게 보였던 내 모습은 과연 무엇이었을까?"

옥유경의 자그마한 목소리엔 그녀의 진심이 담겨 있었다.

"생각해 보니 제가 참 나빴어요. 난 공자를 그렇게 생각하지 않으면서, 단지……."

옥유경의 표정이 많이 흐려졌다.

차마 못할 말이었는지 끊어진 말은 쉽게 이어지지 않았다.

"괜찮습니다."

"아뇨, 저는……."

설운이 고개를 가로저었다.

"괜찮아요."

설운이 포근한 미소로 옥유경을 달랬다.

짐작이 갔다.

옥유경이 미처 하지 못한 말이 무엇일지.

그리고 그것에 대해서는 이미 충분히 생각했고, 받아들여 왔었다.

굳이 그녀의 입으로 확인받지 않아도, 굳이 그녀의 입에서 미안하단 말이 나오지 않아도, 충분히 감내할 수 있는 부분이었다.

"저, 못됐죠?"

"아뇨."

설운이 진심에서 우러나는 미소로 옥유경의 말을 부정했다.

설사 못됐다 한들 어쩌겠는가?

그 못된 마음 덕분에 지금도 설운 자신은 이렇게 그녀와 마주 앉아 함께할 수 있는데.

"미안해요. 그리고 미안했어요."

옥유경이 진심을 담아 사과를 전했다.

왠지 듣기 싫었다.

"괜찮아요."

괜찮다는 말을 하면서도 마음 한켠으로 느껴지는 씁쓸함은 어쩔 수 없었다.

옥유경의 말은, 미안하다며 사과하는 모습은, 그녀에게 자신은 한 명의 사내로 다가설 수 없다는 말과 같은 말이었기 때문이었다.

"대신."

옥유경이 자리에서 일어나더니 조그만 보자기를 하나 들고 다시 돌아왔다.

"이걸로 용서해 줘요."

"뭡니까, 이건?"

설운이 옥유경이 내미는 보자기를 받았다.

"풀어보세요."

안색을 회복한 옥유경이 미소를 띠며 설운의 행동을 지켜
보고 있었다.

설운이 조심스레 보자기를 풀었다.

그러자 파란빛 보자기 속에서 백색 무복 한 벌이 모습을 드
러냈다.

"그것도 미안하더라구요."

설운이 입고 있는 옷을 눈으로 가리키며 옥유경이 쑥스럽
게 웃었다.

"많이 크죠?"

"네? 아, 네."

설운이 복잡한 심경이 담긴 눈으로 백색 무복을 바라보았
다.

말하지 않아도 그녀가 직접 만든 옷일 게 분명했다.

"고맙습니다."

설운이 보자기를 한쪽에 내려놓고 감사를 전했다.

마음에 들었다.

옷도 마음에 들었고, 자신을 생각해 주는 옥유경의 마음 또
한 마음에 들었다.

'그래. 이것으로 충분하지.'

설운이 씩 웃었다.

비록 마음을 얻진 못했지만, 그녀의 정성을 받았다.

그녀에게 남자로 다가갈 순 없었지만, 최소한 그녀에게 의미 있는 사람은 맞았다.

설운은 만족했다.

설운은 그걸로도 얼마든지 행복할 수 있었다.

"잘 입을게요."

그 말은 진심이었다.

"그리고……."

옥유경이 아직 할 말이 남았는지 쭈뼛쭈뼛 다시 말문을 꺼냈다.

다만 하긴 힘든 말인지 쉽사리 말을 꺼내진 못하고 있었다.

"말해요. 무슨 말이든 괜찮으니 부담 갖지 말고."

설운이 보이는 편안한 웃음에 옥유경이 조심스레 말문을 열었다.

"나… 괜찮다면 시간을 좀 줬으면 해요."

"무슨 시간을……?"

고개 숙인 채 말을 잊지 못하던 옥유경이, 어느 순간 마음을 굳힌 듯 정색을 하며 설운에게 말을 전했다.

"생각할 시간. 내 마음을 정리할 시간. 사실 장담은 못해요. 내가 설 공자랑……. 하지만 조금만 더 시간을 줘요. 솔직히 잘 모르겠어. 내 지금 마음이 정확히 어떤 것인지. 아마 아닐 수도 있어요. 어쩌면 그럴지도 모르고. 하지만 나, 시간이 필요해요. 딱 언제라고 말은 못하겠지만."

"잠깐만요. 지금 하는 얘기는……."

설운이 그 어느 때보다 진지한 표정으로 옥유경을 바라보았다.

잘못 들어나 싶기도 했다.

지금 그녀가 하는 말은…….

"아닐 수도 있어요."

빤히 쳐다보는 설운의 눈빛이 부담스러웠는지 옥유경이 살짝 고개를 숙였다.

그녀의 분홍빛 부끄러움이 목을 타고 번져갔다.

설운은 다시 설레었다.

잘못 들은 것이 아니라면 지금 옥유경은 그녀와 자신의 관계에 대해 말하고 있었다.

한 남자로서, 자신을 보겠다는 말이었다.

"어쩌면 괜한 욕심에서 나오는 못된 생각일 수도 있어요."

"괜찮습니다."

"어쩌면."

"괜찮아요."

설운의 반응은 빨랐다.

자신의 생각을 보여주는, 자신의 마음을 보여주는, 설운의 목소리엔 강한 힘이 있었다.

"기다릴게요. 언제가 됐든, 기다릴 수 있습니다. 기다릴 수 있어요."

설운의 웃음이 옥유경에게로 전해졌다.

세상을 다 가진 기분, 어찌 좋지 않으랴?

웃음은 전염성이 있었는지, 옥유경의 얼굴에서도 웃음이
피어올랐다.

수백만 송이 꽃이 피듯 화사하게 번져가는 그녀의 웃음에
설운은 바보처럼 멍하니 웃고만 있을 뿐이었다.

둘은 서로를 보며 함께 웃었다.

서로를 보는 눈에 잔잔한 애정이 깃들어 있었다.

설운은 옥유경에게, 옥유경은 설운에게 진실된 자신의 마
음을 숨김없이 보여주고 있었다.

그날은 그해 처음 눈이 내린 날이었다.

제11장
귀섬홍요(鬼蟾紅妖)

설운은 천룡문에서 거의 한 달 가까이 머물렀다.

생각보다 오래 머물렀던 이유는 두말할 필요 없이 옥유경 때문이었다.

특별히 뭔가가 바뀐 것은 없었다.

그날의 대화 이후, 둘의 사이는 예전과 변함없었고, 그들이 보내는 하루하루도 이전 여름날의 생활과 다름없었다.

그러나 속으로 쌓여가는 서로에 대한 정은 분명 이전과는 다른 것이었다.

설운은 행복했고, 또 고마웠다.

무림맹으로 돌아가는 발걸음은 가벼웠다.

언젠가 설운은 자신의 삶이 이끼와 같다고 생각했었다.

습기 차고 그늘진 곳에서만 살아야 하는 이끼처럼, 어둡고 탁한 곳에서만 지내야 할 것이라고 생각했었다.

햇살이 비추었다.

늦겨울 차가운 냉기 속으로 따스한 햇살이 설운의 머리 위를 비추고 있었다.

세상이 달라 보이고, 천하 모든 것을 다 가진 기분이었다.

혹시라도 꿈처럼 깰까 봐, 혹시라도 그녀가 없었던 일로 하자고 할까 봐, 근거 없는 불안이 치밀기도 했다.

그러나 좋았다.

비록 좋아한다고 말한 것도 아니고, 생각할 시간을 갖겠다는, 어찌 보면 막연한 이야기이기도 했지만, 설운은 그것으로도 세상을 다 가진 듯한 기분을 느낄 수 있었다.

*　　　*　　　*

무림맹 근처에 이르자 오가는 사람의 수가 부쩍 늘어 있었다.

대부분 무림맹 가입을 위해 온 자였지만, 일부는 무림맹을 구경하기 위해 온 사람들이었다.

접수원들은 지쳐 보였다.

이전보다 훨씬 늘어난 지원자들 때문에 겨울 시린 바람을
맞으며 부지런히 손을 놀리고 있었다.

"이름?"

익숙한 목소리가 들려왔다.

예전 자신을 담당했던 접수원이었다.

여전히 그는 지쳐 보였고, 표정엔 짜증이 역력했지만, 그때
만큼 불친절해 보이진 않았다.

"이쪽으로 돌아가시오. 그렇지. 그쪽이오."

표정은 굳었고 말투는 퉁명스러웠지만 지원자들을 배려하
는 마음은 전에 보지 못한 모습이었다.

＊   ＊   ＊

무림맹에 설운이 돌아왔다는 소식이 퍼지자 곳곳에서 수
많은 사람이 설운을 보고자 찾아왔다.

맹의 고위직에 있는 사람들로부터, 그저 얼굴이나 한번 보
려는 사람들까지, 시도 때도 없이 밀려드는 사람들로 현무당
은 북새통을 이루었다.

설운은 자신의 처소에서 움직이지 않았다.

찾아오는 사람들을 일일이 다 만나기도 그랬고, 또 앞으로
자신이 걸어야 할 행보에 대해 고민할 시간도 필요했기 때문
이었다.

맹은 맹대로 고민에 빠져있었다.

설운의 거취에 대한 문제 때문이었다.

현재 맹에서 설운이 공식적으로 가지고 있는 직함은 없었다.

현무당 소속이라는 것 하나를 빼고 나면, 그를 정의할 그 어떤 명칭도 존재하지 않았다.

당금 천하에서 설운보다 뛰어난 고수를 찾기란 거의 불가능했다.

그것은 무림맹 무사 모두가 공감하는 말이었다.

그런 그를 이대로 평무사로 계속 둔다는 것은 말도 안 되는 얘기였다.

하나 그에 맞는 자리를 찾기가 어려웠다.

무위로만 따지면야 맹주 자리를 내주어도 부족하지 않겠지만, 그러기엔 그의 나이가 너무 젊었다.

이제 겨우 서른 초반의 나이, 강호 통념상 그에게 무림 연합체의 수장직을 맡기기엔 너무 일러보였다.

그렇다고 사당 당주직을 맡기는 것도 문제였다.

그는 이미 실질적으로 현무당 당주의 역할을 했었다.

비록 공식적으로 인정받은 것은 아니었지만, 대부분의 사람은 그리 생각하고 있었다.

아직 무림맹의 조직 체계는 섬세하게 갖추어지지 않았다.

실질적인 무력을 중심으로 편제를 짜다 보니 맹주와 사당

당주를 제외하면 이렇다 할 직위가 없는 것도 사실이었다.

연배와 능력이 있으면서 사당에 들기 애매했던 사람들은 장로라는 이름으로 모든 걸 대신했었다.

당연히 설운은 장로의 명칭을 얻기에도 너무 젊었다.

맹은 제법 길게 고민을 해야 했다.

맹이 어찌 생각하든, 설운은 얼마 후부터 자신의 일과를 시작했다.

움직일 때마다 자신을 둘러싸는 군중들이 불편했지만, 그것도 시간이 지나면 자연스레 해결될 일, 설운은 당장 해야 할 일이 있었다.

*   *   *

현무당 연무장에 나서니 삼백에 가까운 무사가 질서정연하게 도열해 있었다.

처음의 현무당 당원은 이백이었다.

마각과 싸우기 전 충원된 인원이 오십. 화산 아래에서 설운이 떠나보낸 이가 거의 일백. 그리고 전투에서 죽은 이가 이십여.

널을 뛰듯 편차가 심했던 현무당 정원은 맹의 새로운 방침에 따라 삼백으로 고정되었다.

지원자는 수도 없이 많았으나 그 모두를 수용할 수는 없었고, 게다가 이제는 양보다는 질을 추구해야 한다는 고위층의 공감대가 있었기 때문이기도 했다.

도열해 있던 현무당 무사들은 긴장과 흥분 속에 설운을 맞이했다.

서 있는 자들 중 반 이상이 이날 설운을 처음 대했다.

말로만 듣던 천하 영웅을 직접 눈으로 본다는 생각에 그들은 떨리는 심정을 감추지 못했다.

"수련은 꾸준히 해왔소… 요."

말투를 찾지 못한 위염이 끝말을 애매하게 얼버무렸다.

"편하게 하십시오."

설운의 얼굴은 예전의 무표정한 얼굴로 돌아와 있었다.

"그게 그래도……. 아무튼 수련은 이전과 다름없이 진행되어 왔소. 이백에 가까운 인원이 새로 오긴 했지만, 이전 설 대협께서 가르쳐 주신 무공을 바탕으로 이전과 똑같이 하루 일과를 보내고 있소."

설운이 말없이 고개를 끄덕였다.

표정 없는 차가운 얼굴은 그대로였고, 보기에 따라 상당히 무례하게 받아들일 수도 있는 행동이었다.

한데 위염은 그런 설운의 행동이 자연스럽게 받아들여졌다.

이미 익숙해진 탓도 있었지만, 전쟁 중에 그가 보여준 마음속 진정을 알고 있었기에 그저 겉으로 보이는 것만으로 설운을 평가하진 않았던 탓이었다.

"지도는 하소아를 비롯한 각 조 조장들이 해왔소. 그래도 죽을 고비를 한 번 넘겼다고 제법 고참 티가 나더이다."

딱 봐도 차이가 있어 보였다.

무공의 고하는 크게 차이가 나진 않겠지만, 서 있는 자세와 풍기는 기운에서 일백의 기존 무사와 이백의 새로 온 무사들 사이엔 뚜렷한 차이가 있었다.

"그나저나 어쩔 생각이시오? 아무래도 지금의 설 대협은 이전과는 비교도 할 수 없을 만큼 입지가 달라졌는데, 이대로 현무당에 계속 머물진 않으실 것 아니오?"

"싫소?"

설운이 표정 없이 농을 던졌다.

"뭐, 좀 껄끄럽긴 하지."

위염이 농을 농으로 받아넘겼다.

"그렇잖아도 그 때문에 할 말이 있었소. 이따 시간 좀 내시오."

설운이 위염의 등을 한 번 툭 치고는 한 걸음 앞으로 나섰다.

툭 쳤는데 왠지 아팠다.

그것도 아주 심하게.

'할 말?'

위염이 쓰린 등짝을 비틀며 설운의 말을 되뇌었다.

둘의 대화 문맥상 거취와 관련된 말일게 분명했다.

'그의 거취.'

위염이 눈이 별처럼 반짝거렸다.

분명 자신에게도 이로울 얘기였기 때문이었다.

*   *   *

그날 저녁, 설운은 위염과 각 조 조장을 한 자리에 불러 모았다.

함께 생사를 오갔던 뒤여서인지, 그들 사이에는 이전보다 더욱 깊은 유대가 자리하고 있었다.

"현재 현무당 전력은……."

현무당의 현재를 말하라는 설운의 요청에 하소아가 자신이 생각하는 현무당 전력에 대해 말하고 있었다.

두어 달 떠나 있던 사이에 변화가 많았던 모양이었다.

"일백 정도는 대형께서도 잘 아실 테니 생략하고, 새로 들어온 이백여 무사에 대해서만 말씀드리겠습니다. 일단 이전 현무당이 차출 무사로만 구성되어 있었다면, 현재 현무당에 들어온 이백 무사는 차출과 선출 출신이 섞여 있습니다."

"왜 그리됐지?"

"요청이 있었소."

위염이 말을 이어갔다.

"사당 무사 중 일부가 현무당으로 배속해 달라는 청원을 내었소. 이유는 여러 가지가 있었지만, 뭐, 뻔하잖소. 다 설대협 때문이지."

맹은 그들의 요구를 받아들였다.

어차피 맹의 고위층에 있는 자들은 대부분 명문정파 출신이었기에 그들의 사문 제자들의 말을 들어주지 않을 이유는 없었다.

어쨌든 설운은 현무당 소속이었고, 만약 그가 현무당에 계속 배속되어 있다면 그들의 제자들이 얻을 게 많다고 보는 것이 당연한 생각이었다.

"덕분에 현무당의 무공 수준은 전반적으로 높아졌습니다. 기존의 일백 무사와 달리 그들은 이른바 명문 출신이 대부분이니까요."

"밀려?"

설운이 툭 던진 말에 하소아가 씩 웃었다.

"그랬다면 부끄러워 이 자리에 오지도 못했겠죠."

하소아의 말에 다른 조장들이 공감한다는 듯 고개를 끄덕였다.

웃고 있는 얼굴들에 자신감이 넘쳐 보였다.

"뭐, 붙어보니 별거 아니던데요?"

상백이었다.

"저놈 사고 한 번 제대로 쳤죠."

연학의 말에 중인이 모두 크게 웃었다.

설운이 눈으로 뭔 얘긴지 물었다.

새로운 편제가 결정된 후, 현무당으로 신입들이 몰려왔다.

그중 절반 정도는 명문정파 출신이었다.

사내들이 모여 있는 곳이 으레 그렇듯, 기존의 무사들과 새로운 무사 사이에 힘겨루기가 벌어졌었다.

선임임을 내세우는 기존 무사들의 말을 신입 무사들은 듣지 않았다.

신입들이 보기에 기존 무사들은 하찮은 출신의 별 볼 일 없는 자들이었다.

기존 무사들이 내세우는 것은 단지 하나, 좀 더 일찍 현무당에 들어왔다는 것뿐인데, 우스운 소리였다.

강호는 힘.

순서가 아니었다.

한 치의 양보도 없는 힘겨루기가 계속 되었다.

이곳저곳에서 작은 다툼이 연일 반복되었다.

기존 무사들을 인정하지 않는 신입 무사들의 행동 때문에 곳곳에서 언성이 높아졌다.

"그러다 결국 일이 터졌죠. 누구였지?"

"팽후(彭厚)."

"그래, 팽후. 아무튼 그놈이 제 출신만 믿고 더럽게 까불대

다가 저놈 상백에게 제대로 걸린 거죠."

강호오대세가에 당당히 이름을 올리고 있는 하북 팽가의 자제 팽후가 조장 상백에게 비무를 요청했었다.

자신의 일을 제대로 하라는 상백의 말에 코웃음 치다 말다툼으로 번진 게 그 원인이었다.

─붙어!

평소 조장이랍시고 이래라저래라 하는 것이 아니꼬웠던 팽후가 대놓고 비무를 요청했다.

상백은 거부했다.

그래도 조원들을 챙겨야 할 조장이라 치미는 화를 참고 좋게 말로 해결하려 했다.

그러나 팽후는 막무가내였다.

힘으로 자신이 없으니 뒤로 꽁무니를 빼는 게 아니냐며 상백의 비위를 계속 건드렸다.

참다 참다 그 꼴을 차마 더 두고 볼 수 없었던 상백이 그의 청을 받아들였다.

팽후는 의기양양했다.

그리고 그는 그럴 만했다.

명색이 강호오대문파의 자제인데다 무공 또한 가문에서 인정받던 자였기 때문이었다.

사실 팽후는 무림맹에 오면 안 되는 사람이었다.

그가 가주 직계라는 이유도 있었고, 그의 무공이 또래보다 월등히 뛰어나 세가에서도 그를 중하게 여긴 탓도 있었다.

그가 무림맹에 온 것은 순전히 그의 뜻이었다.

다른 이들처럼 마지못해 등 떠밀려 온 게 아니라, 보다 넓은 곳에서 보다 자유롭게 지내고픈 욕심에 스스로 무림맹에 가겠다고 자원을 한 것이었다.

비무가 벌어졌다.

승패는 누가 봐도 뻔해 보였다.

팽후는 이미 무림맹 내에서도 소문이 자자한 인물이었다.

차후 하북 팽가를 대표할 인물이 될 것이라는 것을 누구도 의심하지 않았다.

상백의 패배는 예견된 일이었다.

사람들의 관심은 승패보다는 상백이 얼마나 처참하게 무너질 것인지에만 쏠려있었다.

"아주 처참하게 깨졌죠."

연학이 신이 난 듯 그날 일을 떠벌였다.

"그렇게 잘난 척해대던 놈이 십 초를 못 버티고 떨어져 나갔으니까."

"팔 초."

상백이 연학의 말을 정정했다.

"그거나 그거나."

팽후는 자신의 패배를 믿지 못했다.

땅바닥을 뒹굴었다는 믿지 못할 현실에 재비무를 요청했다.

상백이 받아들였고, 비무가 다시 벌어졌다.

방심이라 생각하며 정신을 집중시킨 팽후는 이를 악물고 상백에게 덤벼들었다.

하지만 또다시 오 초 만에 무릎을 꿇어야 했다.

"그래도 인정 안 하더군요. 참 몰상식하고 지독한 놈이었죠."

팽후는 다시 비무를 요청했다.

강호 기본 법도에 완전히 어긋나는 행동이었다.

명색이 명문정파의 후예라는 자가 행할 행동이 아니었다.

상백은 그의 청을 또 한 번 받아주었다.

그리고.

"실려 갔어요."

상백은 더 이상 자비를 베풀지 않았다.

패배를 인정할 줄 모르고 자기만의 아집에 사로잡혀 천지분간을 못하는 팽후에게 따끔한 교훈을 내린 것이었다.

"일 초 만에 퍽!"

팽후는 입으로 피를 내뿜으며 저 멀리 튕겨 나갔다.

단 일 초.

팽후는 상백의 상대가 아니었다.

"열심히 한 모양이로군."

설운이 흡족한 얼굴빛으로 상백을 보았다.

명문은 그냥 명문이 아니다.

그들이 가진 체계적인 수련과 훈육법은 누구나 쉽게 따라 할 수 없는 것이었다.

그렇기에 명문에선 인재가 솟아난다.

인재가 태어나서 명문이 아니라, 인재를 만들어내기에 명문인 것이다.

그런 명문에서도 높이 인정받던 팽후를 단 일 초 만에 무찔렀단 얘기는 상백이 그동안 엄청난 노력을 해왔다는 뜻이었다.

칭찬받아 마땅한 일이었다.

설운의 칭찬에 상백은 어쩔 줄을 몰라 했다.

칭찬.

그것도 천하제일대협이라 칭송받는 설운의 칭찬이었다.

기쁘지 않은 것이 이상한 일이었다.

"그래도 지금은 많이들 친해졌소."

위염이었다.

"명색이 설 대협의 지도를 받은 현무당 아니오? 아무리 새로 온 놈들이 명문 출신이라지만, 쟤들을 가르친 사람이 누구요? 그날 이후 잡소리는 쑥 들어가더니, 이내 서로 친해지더이다. 하하하. 다들 젊긴 젊은 모양이오."

설운은 다시 한 번 각 조 조장들을 둘러보았다.

처음 힘없고 가진 것 없던 비루한 약자들이 제법 잘 성장해 이제는 어디 내놔도 꿇리지 않을 정도로 자라주었다.

물론 그 이면엔 설운의 노력이 깔려 있었지만, 이처럼 잘 크고 있다는 것은 분명 고무적인 일이었다.

"그렇다고 너무 싸우지는 마라."

마치 아이를 타이르는 아버지같이 설운이 한마디 당부하는 것을 잊지 않았다.

"각설하고, 지금 현무당은 아무튼 그렇습니다. 적어도 이전보다는 두 배는 더 전력이 강화되었다고 보시면 될 겁니다."

"다른 당과 비교하면 어때?"

이전에는 비교 자체가 무의미했었다.

"비슷하거나 약간 떨어지는 정도일 겁니다."

"좋군."

설운이 만족한 듯 고개를 끄덕였다.

기본 전력은 괜찮았다.

이제 남은 문제는 그들을 하나로 모을 수 있느냐 없느냐는 것뿐.

잠시 생각에 잠겨 있던 설운이 주변을 돌아보며 말을 꺼내기 시작했다.

"내 거취에 대해 이런저런 말이 많은 걸로 알고 있다. 하나 그것은 저들의 말이고, 나의 의사와는 전혀 상관없는 일이지."

설운이 자신의 거취에 대해 이야기하기 시작하자, 모두가 조용히 입을 다문 채 그의 말을 경청했다.

"난, 현무당에 남는다."

그의 입장을 기다리던 각 조 조장들이 속으로 쾌재를 불렀다.

다만 위염만 다소 불만스런 표정을 짓고 있을 뿐이었다.

그는 설운이 현무당을 떠나 무림맹 중심으로 들어갈 줄 알았다.

맹의 중심 인사가 되어 무림맹을 이끌고, 겸사겸사 자신도 이끌어주길 바랐었다.

충분히 그럴 수 있는 여건이었다.

'아, 근데 왜?'

말로 표현은 못했지만 답답하고 속이 쓰려왔다.

"나에겐 할 일이 있다. 너희들에겐 처음 하는 얘기지만, 그 일은 나에게 무척 중요한 일이다."

진지한 설운의 표정에 조장들 또한 진지해졌다.

"그 일을 위해서는 너희의 절대적인 도움이 필요하다. 내가 너희를 가르치고, 너희를 키우는 이유도 사실은 거기에 있었다."

조장들은 설운의 말 한마디 한마디를 놓치지 않았다.

구체적으로 뭔가를 말하진 않았지만, 그의 말에 담긴 사안의 중대함은 충분히 전해졌기 때문이었다.

"그 일이란 것이 무엇인지 물어봐도 되겠소?"

위염의 말에 설운이 가만히 미소를 지었다.

"결코 작은 일은 아니오. 아마 당주가 생각하는 그 어떤 것보다 큰일일 수도 있고."

"뭐, 천하제패라도 하시려는 거요?"

위염이 농을 던졌다.

"글쎄……."

설운은 대꾸를 않았다.

그저 가만히 웃고만 있을 뿐이었다.

농을 농으로 받을 것이라 생각하고 있던 위염은 그런 설운의 반응에 살짝 놀란 얼굴이었다.

"아니지?"

설운은 대답을 하지 않았다.

"에이."

위염의 웃으며 설운을 툭 쳤다.

하지만 설운은 끝내 아니라는 말을 하지 않았다.

*   *   *

백리세가 가주전 지하의 마각 비고.

불 꺼져 어두운 내부 한쪽에 작은 등잔이 하나 켜져 있었다.

그리고 등잔 옆 서가(書架) 위로 사람의 그림자가 어른거렸다.

"있을 거야. 분명히 있을 거야."

등잔불에 비치는 영준한 얼굴이 진지했다.

백리현은 열심히 무언가를 찾고 있었다.

서가 이곳저곳을 돌아다니며 수많은 책을 넣었다 뺐다 하기를 반복했다.

찾는 책이 보이지 않는지 백리현의 얼굴이 밝지 않았다.

그래도 부지런히 움직이는 손은 멈추지 않고 있었다.

그리고 마침내.

"찾았다."

득의에 찬 목소리가 들리면서, 백리현이 손에 책 한 권을 쥔 채 허리를 세웠다.

"있을 줄 알았어."

백리현이 책에 묻은 먼지를 후후 불어내며 기쁜 기색을 감추지 않았다.

"어디……."

백리현이 낡은 책장을 조심스럽게 넘기며 책 안의 내용을 훑어보았다.

"여기 있군. 귀섬(鬼蟾), 홍요(紅妖)."

지난 며칠, 그의 머리를 어지럽히던 궁금증을 해소해 줄 단어들이 나타났다.

호기심에, 그리고 의혹이 풀려간다는 작은 쾌감에 백리현의 얼굴엔 생기가 감돌았다.

가끔 알 수 없는 말을 혼자 중얼거리며 백리현은 제자리에 선 채 한참 동안 책을 읽었다.

"정말 놀라운 일이군."

백리현이 감탄을 터뜨렸다.

"설마설마했지만……."

전마비록을 읽으며 가졌던 의혹들이 하나씩 해소되어 갔다.

생각은 했지만, 알수록 놀라운 일이었다.

오백 년 전, 까마득히 먼 옛날의 이야기.

하지만 아득한 옛 이야기 속에 담긴 의미는 천하를 거센 격랑 속으로 몰아갈 수 있을 만큼 놀랍고도 충격적이었다.

읽고 있지만, 믿지 못할 이야기.

한편으로는 두렵기까지 한 이야기였다.

"무엇이 말이더냐?"

낯선 목소리가 들렸다.

"누구!"

갑자기 들려온 목소리에 백리현이 깜짝 놀라 주위를 돌아보았다.

그러나 보이는 사람은 없었다.

백리현이 급히 기감을 넓혀 주변을 살펴보았다.

잡히는 기운이 없었다.

"잘못 들었단 말인가?"

그럴 리 없었다.

아무리 책에 빠져 있었다고 해도 헛것을 들을 정도는 아니었다.

백리현이 읽던 책을 다시 덮고 조심스럽게 주변을 탐색했다.

아무래도 예감이 이상했다.

분명 들었는데 사람은 보이지 않고, 확신할 순 없지만 방 안의 공기도 뭔가 바뀐 듯한 기분이었다.

백리현은 스스로의 무공에 자신이 있었다.

해서 다른 두려움을 가진 것은 아니었다.

하지만 찜찜한 기분은 떨칠 수가 없었다.

때로는 눈보다 감을 믿어야 하는 법. 백리현은 지금이 그때라고 생각했다.

'일단 비고를 나가야겠다.'

백리현은 조금 더 바삐 걸음을 옮겼다.

"어딜 그리 급히 가느냐?"

영혼을 자극하는 낮고 차가운 목소리가 백리현의 머리로 들어왔다.

백리현의 등줄기로 소름이 돋으면서 저도 모르게 내기를 뿜어냈다.

"누구냐?"

은은한 화가 담긴 목소리였다.

백리현은 놀랐으나 흥분하지는 않았다.

그의 보통을 뛰어넘는 담대함은 어둠 속 이런 괴이한 상황 속에서도 그의 안정을 유지시켜 주었다.

갑작스런 일에 조금 당황하긴 했지만, 그것이 평소 백리현의 행동과 대처에 지장을 줄 정도는 아니었다.

"제법 간이 큰 놈이군."

백리현은 누군가 자신을 희롱하고 있다는 생각에 기분이 상했다.

다시 상대는 아무런 말이 없었다.

등잔불에 일렁이는 바람만 보일 뿐, 서고 안에선 그 어떤 기척도 느껴지지 않았다.

백리현이 호흡을 가다듬으며 만일의 사태에 대비했다.

손에 들고 있던 등잔을 놓고, 눈이 아닌 자신의 전신 감각에 신경을 집중시켰다.

어찌 되었든 보이지 않는 상대는 자신의 이목을 속이며 접근할 수 있을 정도의 고수였다.

'자객인가?'

하는 짓이 은밀함을 중히 여기는 자객 같기도 했지만, 여기 이곳 비밀스런 곳까지 자객이 내려올 수는 없었다.

'누구인가?'

백리현이 조금씩 발을 옮기며 주위를 살폈다.

'혹시?'

문득 하나의 생각이 떠올랐다.

"아니야. 그럴 리 없어."

백리현이 고개를 저으며 떠오른 생각을 부정했다.

생각은 떠올랐지만, 가능성 없는 얘기였다.

그가 이곳에 있을 리 없었다.

더구나 이곳은 지하 깊숙한 비밀 공간이었다.

아무리 그라 해도 쉽게 오진 못할 것이었다.

백리현의 움직임은 계속 이어졌다.

한 발 한 발, 지극히 느리되 쉬지 않으며 백리현은 서가를 빠져나가고 있었다.

그런 그의 등 뒤로 유령처럼 한 사람이 나타났다.

아무런 기척 없이 말 그대로 불현듯 나타난 그는 차가운 얼굴로 백리현의 뒤를 보고 있었다.

"넌, 보아선 안 될 것을 보았고, 알아선 안 될 것을 알았다."

투명한 동공 속에 한기를 머금고, 그는 감정 없는 미소를 머금고 있었다.

『천예무황』 4권에 계속…

요람 新무협 판타지 소설 FANTASTIC ORIENTAL HEROES

귀환병사

국내 최대 장르문학 사이트를 휩쓴 화제작!
여름의 더위를 깨뜨려며 차가운 북방에서 그가 온다.

『귀환병사』

열다섯 나이에 북방으로 끌려갔던 사내, 진무린
십오 년의 징집을 마치고 돌아오다.

하지만 그를 기다린 것은 고아가 된 두 여동생, 어머니의 편지였다.
그리고 주어진 기연, 삼륜공……

"잃어버린 행복을 내 손으로 되찾겠다!"

**진무린의 손에 들린 창이 다시금 활개친다.
그의 삶은 뜨거운 투쟁이다!**

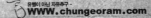

Book Publishing CHUNGEORAM

유행이 아닌 자유추구 -
WWW.chungeoram.com

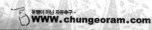

FUSION FANTASTIC STORY

진호철
장편 소설

『1월 0일』의 작가 진호철!
그가 선보이는 호쾌한 현대 판타지!

어머니의 치료비를 구하기 위해
프랑스 외인부대에 지원한 유천.

어느 날 신비한 석함을 얻게 되는데······

『한국호랑이』

내 인생은 전진뿐. 길이 아니면 만들어가고
방해자가 있다면 짓밟고 갈 뿐이다!

Book Publishing CHUNGEORAM

수십 년 전, 용병왕의 등장으로 생겨난
왕국과 용병의 세계.
평소엔 한없이 가볍지만 화나면 누구보다 무서운,
놀고먹고 싶은 그가 돌아왔다!

하지만 바람과는 달리 과거 그의 앙숙과 대륙의 판도는
도저히 그를 놓아주질 않는데……

"용병은 그냥, 돈 받고 칼을 빌려주는 놈들이니까."

그의 용병 철학은 단순했다.

"물론, 누구에게 빌려주느냐가 문제겠지?"